バカとメイドの勇者制度攻略法

顔が可愛ければそれで勝ちっ!!

斎藤ニコ

イラスト／もきゅ

「もしかして、国立さんの彼女さんですか！」
東條 風花【とうじょう ふうか】
夜学生メイド（昼は女子寮のメイド、夜は学生）。そのルックスと人当たりの良さからすぐに好かれ、さらに人と人との仲を良好にする。潤滑油を超えた人間接着剤。しかし自覚なし。
「恋!? なんでここに！」
南 恋【みなみ れん】
大理の幼馴染。金髪碧眼の美少女で運動も勉強も完璧にこなす。…のだが、とにかく大理が好き過ぎておかしい。最近は（大理との結婚に向けた）式場の予約で忙しい。
「ダイリ、その写真なに？ 持っていることは責めないから、入手ルートを教えて」
国立 大理【くにたち だいり】
ツッコミ気質の高校１年生。男子寮の環境を改善する為に奔走する。姉の遺伝子もあるため頭は良いが時々バカ。

男子寮メンバー
「オレと筋肉が相手だぜ!!」

熊飼 金太［くまがい きんた］

大理の友人その１。

筋肉バカ。またの名を筋肉ゴリラ。

菜食主義の坊主の家に生まれるも、肉が好き過ぎて脱走（入寮）したという、出自もバカな奴。

でも良い奴。

「拙者は忍者ではないでござる」

乱麻 写模［らんま しゃも］

大理の友人その２。

自称一般人の高校生忍者。

見た目は完全に忍者だが本人は頑なに否定している。

そのスキルを活かして（？）盗さ……写真撮影を得意としている。

「えへへ～モンちゃん……」

モンちゃん
北狼 猪助［ほくろう いすけ］

大理の友人その３。

銃刀法違反を無視できる剣客一族。

一見すると美少女に見えるルックスと声変わり前のハイトーンボイスによって大理を悩ませる。

というかもはや美少女である。

西園寺 撫子
［さいおんじ なでしこ］
〈白雪コンビ〉の片割れとして有名な2年生のお嬢様。
1日13時間の睡眠によって抜群のプロポーションを誇る。大理の匂いが『ベッド仲間』のうさ次郎（ぬいぐるみ）と同じだと気づき、大理に会う度に抱き着くようになる。
「うさ次郎の匂い……」
!!

小埜寺 林檎［おのでら りんご］

〈白雪コンビ〉の片割れとして有名な 2 年生のお嬢様。

ぼーっとしている撫子を常にフォローしている。

撫子に寄ってくる男共を撃退する為の毒舌で有名だが、大理のことは気に入っている。

「こら撫子、離れなさーい!!」

「女に浮かれるだけのコンチキショウ太ちゃんなんてファッキンですわ！」

国立 橘［くにたち たちばな］

大理の姉。『世界の国立』として名を馳せる天才美少女。

数々の功績を持つ本物の天才だが、大理を溺愛するあまり姫八学園の保険医として赴任してきた。

本人曰く「全ての発明は弟の監視のため」。

「おい！　大丈夫か!!」

「……おしりの神様が降臨されてる……」

contents

目次

口絵・本文イラスト／もきゅ
口絵・本文デザイン／伸童舎

私立姫八学園［しりつひめはちがくえん］

中高一貫校の超マンモス学校。
総生徒数 2000 人超。
敷地も広大で、設備も非常に豪華である。
特に女子寮はエステ・温泉・メイド付きと、
高級ホテルレベル。
一方男子寮は雨漏り・隙間風・壁壊れの三拍子
揃った超オンボロである。

千日瓦 白州［せんじつがわら はくしゅう］

『子供は自由であるべき』がモットーであり、
生徒のためならば大概のことを容認する。
一説によると国のトップと同等かそれ以上の
影響力があると噂されるが、
酔った際に言い出す酩酊語録は大抵しょうもない。

顔が可愛ければそれで勝ちっ!!

バカとメイドの勇者制度攻略法

斎藤　ニコ

角川スニーカー文庫

21019

プロローグ「これが俺にとっての正解だ」

某日、某夜。場所、私立《しりつ》姫八《ひめはち》学園《がくえん》。

〈男子寮生〉総勢十三名（待機者一名）にて、同学園〈女子寮〉に潜入——。


「——あのメイド集団、いつまで追っかけてくるんだ!?」

終わりの見えない廊下を三人で逃走中。

俺達〈オンボロ男子寮生〉は女子寮潜入を計画・実行し、それから数分後にあっけなく警報装置に引っ掛かった。それぞれ広大な建物内を逃げ回っているはずなのだが、すでにサバゲー命の草薙《くさなぎ》兄弟から提供されたトランシーバーに応答するものは居ない。

「ちくしょう！　なんで俺たちが悪いみたいになってんだよ！」

女子寮は豪《ごう》華《か》絢爛《けんらん》。対する男子寮は風が吹けば震度1相当の揺れを感知する程のボロ屋敷。俺達は格差是正の現状調査を理由に女子寮潜入を行っている〈だけ〉なのに！

背後から追手（メイド）の声がした。

『侵入者はまだこの辺りに居るはずよ！　怪しい場所は全て調べて！』

『仰せのままに！　お姉さま！』

お姉さま!?　どういう関係!?　ものすごく気になるが、確認しているヒマはない。

男子寮生Aチーム（三名）のうちの一人――筋肉ゴリラの〈熊飼金太《くまがいきんた》〉が叫んだ。

「大理《だいり》！　そこを右に行こうぜ！」

「名前を大声で叫ぶな、お馬鹿さんめ！」

正体がバレちゃうだろ!?

「了解！　国立《くにたち》、そこを右に行こうぜ！」

「そうそう、人を呼ぶときは名前じゃなくて苗字《みょうじ》で呼ばないとね！――って、そういう意味じゃねえよ！　フルネームが完成しちゃっただろうが！」

数千人の生徒を擁する姫八学園で〈国立大理〉なんて名は俺一人。加えて元・天才科学者および現・天才保健医の姉のせいで、聞かれたら一発アウトの苗字となっている。

『あ！　あそこに隠れてるわ！　捕獲！　捕獲！』

男子寮生がまた一名捕縛されたらしい。あとで助け出してやるから今は耐えてくれ……。

『受け隊とM隊はあちらへ！　攻め隊とS隊はこちらへ！』

チーム名おかしくない⁉　あと部下の気持ちも考えてあげて⁉

Ａチーム最後の一人――自称・一般人の〈乱麻写模《らんましゃも》〉の呼吸は一切乱れていない。

「国立大理、熊飼金太。我ら三人、一緒に逃げているのが問題でござ――るだ」

「今『ござる』って言いかけたよね。というか誤魔化《ごまか》しきれてないよね」

「そんなことは一切知らぬ」

写模の格好は黒装束である。走り方がなんだか低姿勢で、シュタタタみたいな感じである。昨日は『拙者は遠慮するでござ――我は遠慮する』とか言い直していた。

「写模って絶対に忍者だよね」

「忍者など知らん。なんだそれは。どんな格好の者だ」

あとで鏡を見せよう。

そんなやり取りをしている最中にも、どこからか増員の声が聞こえてくる。

『次にこの階を精査する！　みな、気を抜くなよ！』

『イエス！　マイ・シスター!!』

メイドへの価値観がどんどん崩れていく……。

俺は〈女子寮ＭＡＰ（ファイル名：明日への扉）〉を携帯端末型の生徒手帳で立体展開し、一部分にマーキングを置いた。

このデータは先日〈男子寮生限定サーバー〉で偶然見つけたものだ。様々なデータから隔離されたフォルダにポツンと置かれていた。とはいえ暗号化もされていなければ、隠しフォルダなどでもなかった。重要性は高いはずだが、扱いのよく分からないデータである。

「とにかく写模の言う通りに、この地点で三手に分かれよう」

「よしきた！　誰が捕まっても恨みっこなしだぜ！」

「金太こそ保護されて動物園に送られても恨むなよ？」

「拙者も同意でござ——ある」

「やっぱり忍者——て、うおおおおっ⁉」

突然、足が何かに引っ掛かった。次の一歩が踏み出せずに、顔から廊下へ突っ込む。

『あ！　お姉さま！〈身長170センチ・足のサイズ27センチ・角度によってはイケメンに見える男子生徒感知器（保健医より贈呈）〉に反応がありました！　あちらです！』

そんなピンポイントな罠《わな》があるの⁉

「ちくしょう、俺はダメだ！　金太、写模！　いいから構わず先に——」

——すでに誰も居なかった。曲がり角からそれぞれ声が聞こえた。

「さすがオレたちのリーダー！　囮《おとり》になってくれるとはありがてえ！」

「これもまた大将の務め。悲運ではあるが、それも運命の一つ」

「あ、あいつら……」

身勝手な捨《す》て台詞《ぜりふ》を残しやがって……！

だが二人が進んでいった先から『こっちだ！　バカそうなゴリラがいる！』とか『みつけた！――きゃっ！　忍者みたいなのがスカートの中を撮影してくる！　デ、データ消して！』などと聞こえてきた。

脱走したゴリラは放っておくとして、写模には絶対に生き延びてもらわねばならない。

「しかし……これは俺に追い風か？」

静かに立ち上がると、俺は単身、声のしない方へ歩みを進めた。

＊

依然として女子寮内に潜伏中。しかし取り巻く環境は変わり、現在は〈女子風呂脱衣場・ロッカー内〉に逃げ込み、脱出の機会を窺《うかが》っている。作戦名〈明日への扉〉は継続中だが、すでに扉が閉じかけていることには薄々気が付いている。

『なんか外が騒がしい気がしない？』

『そうですか……？　防音ですから外の音は聞こえてこないはずですが……それよりはや

く着替えましょう。湯冷めしちゃいますよ』

『そだね——って、あれ、それ新しい下着？　いいなあ、かわいー』

『は、はい。この前一目ぼれをしてしまって、思わず買ってしまいました。でも、ちょっと過激すぎるでしょうか……？』

どうしてこうなったのか。逃げるために階段を上がり、逃げるために角を曲がり、逃げるために直進し、迫りくる声に挟まれた結果、眼前に残された安全地帯が〈女湯〉だった。

攻めているのか守っているのか全く分からない。

『うーん、たしかに過激かも？　ココなんて全部見えてるし……あれ、ココも見えるね？』

『そ、そこは見えません！』

『えー？　でも、ココは見えるよねぇ？』

『あ！　ちょっと触らないでください！　くすぐったいです！』

決して覗《のぞ》きがしたくて潜入したわけではないのだ。おそらく。

もちろん下心だって無かったはずだ。多分。

『おお？　案外いけるくちですかな、お嬢さん。ならコッチはどうかなー？』

『ちょ、ちょっと、やめてくだ……んっ』

そもそも平等が叫ばれる現代において、あまりにも格差のある寮設備が悪いのだ。

『おおー？　良い反応だねえ』

その是正のための潜入調査なのだから、もちろん俺にも正義はあるわけで——、

『あ、あ……ソ、ソコはダメです、お姉さまぁ……んっ……!』

——ソコってどこなのお姉さまぁぁぁぁぁぁぁ!?

ちくしょう！　下心しか生まれてこないわ!!

『なーんちゃって！　早く着替えよーか』『わ、悪ふざけが過ぎます……』

カチャカチャウィーン、と音がしたのは、先ほどの意味深な女子ペアが自動ドアを開いて外へ出たからだろう。続く音が無いことを確認し、俺は意を決した。

「よし。チャンス到来」

早く逃げよう。これ以上は出血多量で死ぬ。慎重にロッカーの扉を開き、あたりの様子を窺う。行けそうだと判断し、足を出した——その時。ウィーンガラガラと音が聞こえた。

「……っ!?」

どうやらまだ女子生徒がいたらしい。音は出口ではなく、風呂場のほうからした。

逆再生するかのようにロッカーに戻った俺は、再度耳を澄ませる。

　一人だろうか、それともペアだろうか。どちらにせよ先ほどの窮地を乗り越えた俺に敵はいない。どんな会話がこようが、人体の部位を思い出しながら無欲で乗り越えてやる。

　おっぱい、おしり……、

　――バタン!!

　……耳たぶ、鎖骨……ん？　今の音はなんだ？　振動も伝わってきたような。

〈おしり〉の後に音と振動――ということは、まさかおしりの神様が降臨されたのだろうか。いや、落ち着け。そんな神様は聞いたことがない。

　そう。今の音はまるで――人が地面に倒れたときのような鈍い音。

「まさか、な」

　話によれば風呂場の脱衣所は防音らしい。すると先ほどの音も外には響かないのだろう。

　十秒が経《た》ち、三十秒が経ち、一分を数える。待てども一向に音はしない。

「おいおい……」

　本当に人が倒れていたらどうしよう。助けが来るようには思えない。となると頼りは俺だけか？　でも、その場合の俺の保身はどうなるのだろうか。見つかったらどうすれば？

「……そんなこと言ってる場合じゃないだろ」

　そうだ。何を言っているのだ。人命を前にして保身とはなんて情けない。

「……よし」

俺はロッカーの扉を静かに押した。

状況を把握するため、そして必要であれば人命救助のため、意を決して辺りを窺った。

――一糸まとわぬ〈おしり〉が見えた。

「おしりの神様が降臨されてる……」

本当にいたんだ、おしりの神様……。

「――って、違うだろ！　本当に倒れてるぞ!?」

湯あたりだろうか。床でぐったりとしている女の子の傍《そば》まで走り寄る。

「おい！　聞こえるか！」

肩を叩《たた》くが身じろぎ一つしない。

「っく。これは目に毒だ！」

うつぶせに倒れている為《ため》、背中から臀部《でんぶ》にかけての素肌が見えてしまっている。常備されているバスタオルを引っ張り出すと、いそいで女子生徒にかけた。

「不可抗力！」

どんな罪も許されるという魔法の呪文を唱えながら女の子を休憩用のベンチへ運ぶと、そばにあった冷蔵庫からペットボトルの水を取り出す。いまだに髪の毛から水がしたたっている女の子の傍らにひざまずき、ピンク色をした唇に飲み口を近づけた。

「おい、聞こえるか！　とりあえず口の中で転がせ！　飲み込まずに口をゆすぐように！」

聞こえたのかは定かでないが、ゆっくりと口が動いている。

それにしても女の子って、すごい良い匂いがする！――じゃないんだよ！

天使！　聞こえますか！　私に人道への地図をください！　心の中に巣くう悪魔に聖水をかけながら、女子の顔色を確認する。

「ものすごく可愛《かわい》い……！」

聖水！　聖水！　バケツで持ってきて！

ドタバタにも程があるが、正直、焦らない方がおかしい。

しばらく給水を繰り返すと状態が落ち着いてきたように見えた。

「呼吸は落ち着いてるし、脈も下がってきてる。あとは眩暈《めまい》を感じるかとか、寒気を感じるかとか……あー、こんなことならタバ姉の保健体育をまじめに受けとくんだった……」

いや、落ち着け。タバ姉の保健体育は夜の知識重視だ。意味が全くない。

「――い」

「……なんだ？」

どこからか声がした。誰の声だ？

「まさか、この子？」

女の子の口元を見ると確かに小さく動いている。不明瞭な言葉と共に中空に半開きの手をよろよろと伸ばした。

「――……さ、い」

まるで何かにおびえているようだ。まさか泣き出したりしないよな――などと考えていたら、ツッと少女の目から涙がこぼれてきた。

「だ――」

俺は思わず手を握ってしまった。彼女を落ち着かせたくてたまらなかった。

「――大丈夫。大丈夫だから」

すると、どうしたことだろう。少女の目が一瞬だけ開かれたような気がした。

「ちょ、待て、待って！　そういう展開はいらないぞ!?」

だが。

「――……ｚｚｚ」

視線がぶつかることはないまま、少女は直に穏やかな呼吸を繰り返しはじめた。

「ふう……」

よかった。とはいえ放置するわけにもいかない。どうにかしようと辺りを見渡すと、壁の『緊急時に押してください』というヘルプボタンが目に入った。

さらに辺りを探ってみるが、今の状況を匿名で伝える手段は見当たらない。

「直接、説明しに行くか……？」

しかし説明するまえに捕縛されてしまったら元も子もないし、どんなに説明しようとしても逃げる口実と思われて聞く耳もたれず、結果的に女の子の救出が遅れたら逆効果だ。

「押すしかないか……いや、迷ってる場合じゃないよな」

少女の髪は濡《ぬ》れている。気化熱で体温がうばわれれば風邪をひいてしまうだろう。悩んでいるヒマなどない。

「よし、決めた。日本には恩返しの昔話がたくさんあるしな。良いこともあるだろう」

ヘルプボタンまで近づき、人差し指をボタンの上にそっと置く。そして己に説いた。

「……これが俺にとっての正解だ」

スイッチに触れる指先に力を入れようとした――その時。

『ザザッ――答《とう》せよ』とどこからか声が聞こえた。

EP1 こうして物語は始まった

『姫八《ひめはち》市。日本国内における土地面積三位、関東においては一位を誇る超巨大都市です。

東京都西部に位置するこの都市だからこそ可能な事は枚挙に暇《いとま》がありませんが、土地面積を有効活用する例として真っ先にあげられるのが私立姫八学園の存在となります。

日本有数の学園規模。在籍生徒数は中等部・高等部を含め二〇〇〇人以上。

未来ある人材を確保することを使命としておりますが、それは学生だけにとどまらず、教師たちを含めたスタッフまでもが対象です。我々は人間の未来を創りだしています。

創設者であり、現学園長でもある〈千日瓦《せんじつがわら》　白州《はくしゅう》〉の掲げる教育理念は〈フリーダムｉｎフリーダム〉。一見すると単純明快にも見える理念は、しかし追い求めれば追い求めるほど、道が険しくなっていくことを我々は知っています。

ですが大丈夫。姫八学園は挑戦することをあきらめません。

ここには全てがあります。

規律正しい学園生活。

刺激的なイベントの数々。

人間工学に基づいた設備。

快適な、施設。

洗練されたスタッフ。

そしてあなたの輝かしい未来。


さあ、皆さん。私たちと一緒にフリーダ――』


「さて、諸君。お分かりだろうか」

俺は動画を停止した。ルームメイト三名の顔を順繰りに見る。

現在、オンボロ男子寮の自室にて〈状況把握会議〉開催中だ。堅苦しい名称が嫌ならば〈男子寮がこんなにボロいなんて聞いていないぞ!被害者の会による決起集会〉でも良い。

割り当てられた男子寮室は声の通りだけは良好の為《ため》、作戦会議にはもってこいだ。なぜなら隣室との壁が抜けているから。これにより二人部屋は強制的に四人部屋へ姿を変える。

「ここを見てくれ、ここだ。『快適な、施設』とナレーターが言ったときにコンマ一秒だけ画像が切り替わる。コマ送りにすると分かるが、サブリミナル効果もまっさおなぐらい一瞬、男子寮が映る——ほら、ここだ。俺たちが今いる倒壊寸前の男子寮だ」

「本当に嘘《うそ》はついてねえ……じゃあ俺たちは騙《だま》されて入ったわけじゃねえってことか……」

「お馬鹿！　金太《きんた》のお馬鹿さん！　こんな一瞬の映像を視認できるやつがいるか!!　俺たちは騙されたんだよ！　夢見て入寮したらオンボロ屋敷っていう壮大な詐欺だ！」

「ねえねえ、国立《くにたち》くん」

ルームメイトの〈北狼猪助《ほくろういすけ》〉がハイと手をあげた。〈剣豪十傑〉に名を連ねる剣客一族で、銃刀法違反を無視し、帯刀を許されている。とはいえ本人は声変わりもしておらず、一見すると女子に見えなくもなくもなくない可憐《かれん》な容姿……落ち着け俺、こいつは男だ。

「ボク、普通に見えるけど……」

「トンデモ剣士の発言は一般枠から外す」

「拙者も視認可能」

「高校生忍者も除外」

俺達は、男子寮の現状を知らぬまま入寮した面々であり、壁抜けルームメイトの四人組でもある。現在は猪助と写模《しゃも》、そして中学からの悪友・金太を焚《た》きつけている最中だった。

「というわけで、このまま黙っていることは、許されない！　そうだろ⁉」

心底納得というわけではないまでも三者三様の頷《うなず》きは返ってきた。

だが、バカなのに野生の勘でたまに核心を突いてくる金太から、今回も指摘が入った。

「でもよお、大理《だいり》。男子寮はたしかにおんぼろだけど無料じゃんか。女子寮は結構な寮費がかかるんだろ？　上に文句言って有料にされたらオレはいやだぜ。金ないし」

「改築を求めてるわけじゃない。修繕を求めてるんだ。この建物だって建てられた当時は立派な建物だったはずだろ？　当時の状態に戻すだけなんだから、これは改善じゃない。修繕だ。修繕は建物所有者の責任なんだから、俺たちに請求するなんてお門違いだ」

「ほんとだ。たしかに正論かも」

猪助が目をわずかに見開いて頷くと、金太も腕を組みなおしてから頷いた。

「さすがは天才、世界の国立――の弟！　そういや大理の姉ちゃん、海外から戻ってきて保健室に居るんだろ？　久々に会いにいこうぜ」

「タバ姉の話はやめてください！」

「タバネエ？」

猪助が首をかしげる。俺はまっすぐに視線を向けて、口を引き締めた。

「その話はしません！」

「なんで敬語なの？」

「大理の弱点の一つだからな。まあ、そのうち分かるさ」

「はい！　その話は終わりです！」

タバ姉の話はしません！

ちなみに男子寮の定礎板を確認したところ、最近新しくしたのだろうぴかぴかの板に〈定礎　明治40年〉とあった。板を新しくする前に建物をどうにかしろというツッコミをぐっと堪《こら》えたが、それも一日が限界だった。なぜかって？　女子寮を見ちゃったからだよ！

「そもそも！　俺たち男子寮生が、こんな雨が降ったら溶けちまいそうな建物で三年間過ごさなきゃいけないってのに、なんで女子寮は三ツ星ホテル並みの待遇なんだ⁉　俺は最初、ホテルかと思って『スゲー！　ホテルまであるのかよ、この学園』って感心したよ！　でもホテルなんてあるわけないんだよ！　学園なんだから！　ホテルいらないもん！　なんで感心しちゃったんだ！　敵に塩を送るなよ俺のバカ！　本当におバカさん！」

「ボク、国立くんが心配になってきたんだけど」

「平気平気。大理は昔からこうなんだぜ。頭いいくせに、ちょいちょいバカなんだよな」

「金太にだけは言われたくない！」

「んー、でもさ、ボクもたしかに驚いたよ。知らない人が見たらホテルに見えるよね」

猪助が自称友達だと言い張る日本刀を抱きながら、うんうんと頷いた。

「ただ、男子禁制って聞いてたけど玄関は普通に入れたよ？　警報も鳴らなかったし。メイドさんに『危ないから出ていけ』って言われちゃったけど猛獣でも居たのかな」

「危ないのはお前だよ！」

具体的には、腰にぶらさげてるお友達だよ！

「ん？　どういうこと？」

首をかしげる猪助。あれ、なんか可愛《かわい》いぞ——って、いやいや、男に何を言ってんだ。しかも、さっきゴキブリが問答無用で愛刀（国宝級）で真っ二つにされた挙句、斬られたことに気が付かないまま消えていったじゃないか。外見に騙されちゃいけない！

「盗撮も不可。全てにおいて完璧な防御」

写模の言葉に、俺も無言で頷いた。入学初日に女子寮を盗撮しようと試みていたことは、ひとまず脇に置いておく。成功したときに写真データを貰《もら》えないと困るので黙秘だ。

猪助は俺のルームメイトであり、金太と写模は壁を挟んで——いや、壁を挟むことない隣の部屋の住人だ。二人部屋ではあるが四人のルームメイトというおかしな状況であり、出会った時には面食らったルームメイトだが、考えようによっては頼もしい戦力といえる。

「そんなわけで、さっき学園長に直談判《じかだんぱん》しにいったら『嘘などついておらんぞ、きちんと確認せい』と言われて、動画を見ていたら違和感に気が付いたってことだ。一瞬で俺の青春計画が台無しになった！」

監視体質の姉も、崇拝気質《かたぎ》の妹も不在の中で、いつか現れる（予定の）彼女と学園内で待ち合わせしちゃったりして、きゃっきゃうふふな学園生活を夢想してたのに――。

「――いまに見てろよぉぉぉぉぉ！　学園長ぉぉぉぉぉ！」

「ボク、窓から外に向かって叫ぶ人なんて初めて見た」

「そうか？　オレは大理で慣れてるぜ」

これ以上叫ぶと建物が倒壊する可能性があるので、静かに窓を閉めた。片方の窓を閉めると、もう片方が少しだけ開くというシステムらしく風と虫が入り放題だ。冬は凍死するんじゃないだろうか。

「調査報告でござる――だ」

写模が闇夜を切り裂くように懐からサッと端末を取り出した。

「おお！　想像以上に早い！」

「朝飯前でござる――ん」

新種の語尾が完成していた。

「なあ、写模。無理はしないほうが良いんじゃないか」

「なんのことだ？　訳が分からぬ」

乱麻《らんま》写模は調べものが得意なようで、その延長としてカメラも好きらしい。しかし更なる延長線上には盗撮と警察官がセットで立っているのだが今は無視だ。そして絶対に忍者だと思うのだが、本人はかたくなに否定している。

「で、どうだった？」

「寮生の調査報告。三年は三人。入寮当時は七十二名が在籍。しかし三日で十数名、一年以内に三人へ減。二年は七名。入寮当時はさらに多い九十名。しかし半年で今の七名へ減。そして我々一年は昨日の時点で五十一名。本日付けで十三名へ減」

金太が指折り数えている。

「……!?　一日で二十九人も逃げたのかよ！」

引き算おかしいだろ。猪助が困惑気味に視線を向けてきたので、助け舟を出した。

「金太、九十三引く七は？」

「おいおい、オレが三桁の暗算できねーの知ってるだろ」

「二桁だよ……！　二桁だよ……！」

猪助が思わずツッコむも、金太は豪快に笑って『ツッコミは勢いだぞ！　猪助！』とか偉ぶっていた。そういう憎めないところが金太君の味なので静かに見守っておく。

金太がドカッとセンベイ布団に寝転んだ。

「あーあ。オレ帰りたくねーなぁ。まだ肉の一枚も食ってねーよ」

筋肉大好きの熊飼《くまがい》金太は、何を間違えたのか菜食主義の坊主の家に生まれた。毎日お肉が食べたいという切実な夢を胸に親元を離れて入寮した。というか脱走した。

「あきらめるな、金太。俺たちは何もしてないだろ？　それにギブアップした奴は多いが、一年の寮生はまだまだ残ってる。一致団結して何とかしないと」

「何とかっていっても、何すんだよ。学園長にも相手にされなかったんだろ？」

そうだ。あのヒゲだけはモサモサ生えているハゲ学園長には『男子たるものあの程度で音をあげるでない』などと時代錯誤な注意を受けた。全く納得のできない一喝だ！

ていうか、きゃっきゃうふふな学園生活が本当にうらやましい！　入寮までの間、夢にまで見た生活を簡単に諦めてたまるか！

「——というわけで、俺たちには情報が足りない。まずは敵地調査だと思わないか？」

頭の上に〈？〉をつけた面々に、今後の計画を説明し始めた。

そうして俺達は他の一年男子寮生を巻き込み、女子寮潜入を企てたのだ。

一年の男子寮生十三名をチーム分けし、サバゲー命の草薙《くさなぎ》兄弟からトランシーバーを借りて、顔が割れている可能性のある猪助はサポート役として待機。十二名で潜入を敢行するもすぐに警報に引っかかり、単身、女風呂に逃げ込んだ。

結果、俺は〈おしりの神様〉に出会ったわけだが――話は一夜明けた、翌日へと移る。

＊

「〈――よって、国立大理を首謀者と判断。翌日の出頭命令発行をもって、当報告を終える〉。……さて、これが昨夜の〈女子寮潜入に対する報告書〉の全文じゃ」

俺は学園長室にて一人、立たされていた。ヒゲだけはモサモサと生えている爺《じい》さん〈千日瓦学園長〉の真ん前で直立不動が、今の俺に許されている唯一の行動だった。

学園長の横には得体のしれない男（大人）も立っていたが発言することなく、時折スマートフォンを弄《いじ》っているだけだった。そこに居る意味が分からない。

しかし何故《なぜ》こんな事態になっているのか。

事の始まりは潜入調査の翌日――つまり今日の朝のことだった。全てが丸く収まったと信じ切っていた俺のもとへ一枚の通知が届いたのだ。それも電子データではなく、学園長手書きの墨による文書だった。

窓から侵入してきたドローンが持ってきたのだが、ドローンにも開けられるレベルのセキュリティに驚く前に、ドローンからいきなり流れてきた音声に飛び上がった。

『はろーう！　ワシじゃ、ワシじゃよ、儂儂《ワシワシ》！　学園長だよーん！　お手紙送ったから読むんじゃぞ！　捨てたら泣いちゃうからの！　それじゃあまた後での！』

儂儂《ワシワシ》詐欺を疑ったが、直筆の文書がそれを否定している。そこにはこう書いてあった。

『姫八学園・高等部・一年花組・国立大理殿。貴殿に女子寮潜入の疑いあり。三十分以内に学園長室に出頭することを命ずる。（遅刻したらもっと酷《ひど》いことになるぞ☆）』

俺はとにかく急いで用意をして、ほうほうの体でこうして学園長室に来たというわけだ。昨日の逃亡ダッシュ＋忍者ごっこで全身筋肉痛だというのに、朝から散々だった。

サンタクロースのようなヒゲをモシャモシャと触ったあと、学園長は手にしていた報告書を大きな木製の机に投げて、俺に視線をよこした。

「して、国立大理よ。女子寮無断侵入について、なにか釈明したいことはあるかの？」

「もちろんです！　もちろんあります！」

学園長室内には様々なものがある。直筆の掛け軸（らっきいすけべ体質になりたい）や、学園長だけが写っているポスター（なぜか半裸でバラを口にくわえている）や、学園長の

16分の1フィギュア（関節超可動・学園長の目覚ましボイス付き）などに見守られながら、俺の頭脳は恐ろしいほどの速度で言い訳を作成し終えた。

「俺は覗《のぞ》きがしたかったわけじゃないんです！　男子寮の修繕の参考にと思って、調査をしただけなんです！　でも追いかけられてるうちに、女風呂にたどり着いてしまって……どうしようもなくロッカーに隠れて、外の様子を観察してただけなんです！」

あれ？　やばくない？　覗きどころか、正面突破しようとしてるただの変態じゃない？

学園長はヒゲをもさもさ触ると口を開いた。

「あのなあ、国立大理よ。わしは覗きをした精神は買っておるんじゃぞ。男子冥利につきるじゃろ。男として生まれたならば男として。女として生まれたならば女として。与えられたモノを精一杯活用して、人生を謳歌《おうか》することが〈正しき人の道〉じゃと思っとる。人の命ははかない。やるべきことをやっているだけでも時間が足りんものよ」

「はあ……？　まあ、そうですかね」

意図が全く分からないが、ここは素直に頷いておこう。

「じゃがの。物事には落としどころっちゅうもんがあるんじゃ――まずは、これを見よ」

学園長がピッと何かのボタンを押すと、天井から大きなディスプレイが下りてきた。唐突に動画が再生される。そこには三階の窓から垂れ下がった縄バシゴを下りる俺と、その下でいろいろと動いている人影が映っていた。

「これ、昨日の……？」

「そうじゃ。で、この縄バシゴで三階から脱出しておるのがおぬしじゃろ」

確かにそうだ。俺は昨日、ヘルプボタンを押そうとしたのだ。その直後、トランシーバーから金太の声が聞こえてきた。

『風呂場からつながっている洗濯室へ急げ！　そこの窓から脱出できるようにする！』

言葉に従ってみれば、写模の手腕により脱出用の縄バシゴが設置された。それからヘルプボタンを押して、窓から脱出したのだが……まさかあの時の行動が撮影されていたとは。

「でも、これおかしいじゃないですか。なんで俺の顔だけ鮮明に映ってるんですか」

そうなのだ。下で手引きをしていた〈金太・写模・サポート役の猪助〉の顔は全く分からない。赤外線カメラなのだろうが、それにしたって皆の顔はひどいモザイク調だ。なのに縄バシゴをつたう俺の顔だけは、鮮明にというか、４Ｋなみの超高画質で映っている。

「これが答えじゃ」

質問への答えはないままに、学園長は結論付けた。

「古来よりな、物事を収めるためには大将が首を差し出すのが決まり事なんじゃ」

「でも、俺以外にも捕まった奴らが居たでしょう⁉」

「確かにおった。じゃが奇妙なことに、その全てが再び逃げ切っておる。更には素顔を隠していたり、写真データの破損等が色々重なってのう。詳細は全て不明となっておる」

写模の救出作戦が裏目に出たのか。文句は言うまい。そのおかげで俺も脱出できたのだ。

「でも、捕まった人間はいたんでしょう？　それなら俺だけが悪いわけじゃないってことの証明になるじゃないですか。なんで俺だけがつるし上げられないといけないんですか！」

「だからこそ大将が存在しているという話をしておるのじゃ。残念ながら社会というのはの、誰が悪いかではなく、誰が責任を取るのかという図式で成り立っておる。そのための責任者と証拠――で、今回、国立大理の姿が鮮明に確認された。もう、わかるな？」

いやいや待て。話が不穏になってきたぞ。俺は動揺を隠すように静かに尋ねた。

「つまり？」

「退学じゃ」

絶句。

「――なーんて冗談冗談。それはさすがに可哀《かわい》そうじゃし、今回は別の罰を用意した。ワシ、えらいじゃろ？　ほめるのじゃ」

復帰。

「終わったかと思った……」

「ワシ、えらいじゃろ？　ほめるのじゃ」

「？」

「ほめるのじゃ」

なんだろうか。新手のバグだろうか。まあ許してもらえるなら褒めておくか……。

「すごいですねー、学園長」

「退学じゃ」

「学園長ばんざ――――い！　おヒゲ最高ぉぉぉぉ――――！」

「ま、それぐらいで良いじゃろ」

ちくしょう、なんだこの大人。男子寮修繕を断られたときの気持ちがよみがえってきた！

「ふぉっふぉっふぉ」とサンタクロースのように笑った学園長は、横にダルそうに突っ立ったままの男性に視線を向けた。

「あとは頼んだぞ、小枝葉《さえば》」

〈サエバ〉というのが男性の名前らしい。いかにも胡散臭《うさんくさ》そうだ。髪はぼさぼさだし、無精ひげも生えている。人を値踏みするかのようなねっとりとした感じの視線が居心地悪い。

「小枝葉だ。よろしくな、国立大理。美術講師兼生活指導を任されている」

「……よろしくお願いします」

まさかの教師か。それにしても何をヨロシクされたのだろうか。思わず眉をしかめた。

すると小枝葉……先生はその第一印象からは想像のできない、シニカルながらもどこかひとなつっこい笑顔を浮かべた。

「今日から二週間、お前はボランティアに勤《いそ》しむ。その監督がオレってことだ」

それが贖罪《しょくざい》方法らしい。退学よりはよほどマシ。ゴネてご破算ってのが一番怖い。

学園長はすでにこの話題への興味を失ったようだ。俺へ退室を目だけで促しながら、形式的な言葉を最後に口にした。

「他に言いたいこと、聞きたいことはあるかの？」

「そうですね……」

気になっていたことがあったので、なるべく自然に聞こえるように、ただし確実に答えがもらえるように丁寧に尋ねた。

「今回は騒ぎを起こしてしまって申し訳ないと思っています。ちなみに……俺たちの騒ぎが起こっている最中に、ケガ・もしくは入院に至る状態に陥った方はいますか？　もし居るなら謝罪をしたいと思っています」

「ふむ……」

学園長は長いあごヒゲをさすりながら、小枝葉先生を見た。

視線に気が付いた小枝葉先生は実にめんどくさそうに答える。

「いませんよ。最終的な報告での被害はゼロとなっています」

「ということらしいぞ」

「そうでしたか。ありがとうございました」

よかった。あの脱衣所のおしり神――じゃなくて、あの少女は無事に助かったようだ。最終的な被害がゼロということは、現時点で何かが起きているわけでもないということ。

正直なところホッとした。もしも俺が脱衣所に潜入していなかったらあの子は大変なことになっていたかもしれない。そう考えれば俺の覗きは一人の少女を救ったことになる。

「ずいぶん嬉《うれ》しそうだな、国立。そんなにボランティアが楽しみか？　変わった奴だな」

小枝葉先生の小言が聞こえたが、聞こえないふりをした。

＊

「はぁ……今日は散々な一日だった」

呼び出された日の放課後。空はすでに茜色《あかねいろ》。帰路につく学生に逆らうように男子寮へ向かう。

「まあ、けが人がいなくてよかったけどな――あ、そうだ」

俺は今更ながら、ルームメイト達に持たされた品物を取り出した。呼び出しが決定した時、いそいそと用意してくれたらしい。

「困ったときに使えって言われたけど、結局使わなかったな。中身くらいは見ておくか」

紙袋が三個ある。一体何が入ってるんだろうか。

「えーっと、まずは〈写模〉と書いてあるやつだけど……『変装の術（大人）』？」

やっぱり忍者じゃん！

紙袋の中を見る――ぐるぐる眼鏡に黒いヒゲが付いたオモチャが入っていた。

「本当に忍者か……？」

少しだけ疑惑が晴れた。

「次の袋は〈金太〉だな。えっと……『元気がなくなった時に使え』か。おお、いいな。今使おう」

ガサガサ――焼き肉のタレ（高級）。

「せめて肉を入れろ！」

ロクなもんがない。

「最後は〈猪助〉か」

えーっと、なんだ。物ではなく、長い手紙が入ってるな。

『国立くんへ。これはボクの流派に伝わる秘孔の話です。この秘孔を突かれた人間は、世にも恐ろしい幻覚を見続けることになり、十日目に死を迎えます。ピンチのときには――』

「罪が重なるわ！」

使えるものが一個もない！

「――きゃっ」

「え!?」

背後から声。振り返ると女の子が転んでおり、手荷物を地面にバラまいていた。姫八の学生服を着ている女子。一瞬だけ体が強張《こわば》るが、とにかく散乱した物を集めてあげよう。

人参《にんじん》、ジャガイモ、高そうな霜降り肉――すごいな。これまさかこの子の夕食だろうか。となると、もしかして女子寮生だろうか。タイミングが悪いから早く逃げないと。

「あ、ありがとうございます」

少女は膝の砂を払うと、こちらに顔を向けて――、

「――っ!?」

なんの因果だと言うのか。こちらを向いた少女の顔を、俺はよく知っていた。

「君は――」

口が勝手に動く。

「おしりの神様……」

「え？」

「いや、なんでもないです（真顔）」

危ない。昨夜のフラッシュバックが起きてしまった。とはいえ、それも仕方のないことか。なぜなら目の前の少女は——脱衣所で助けた例の少女だったからだ。

呆《ほう》けたままの俺から目を離した少女は、しかし再びこちらに視線を合わせた。

「あれ……？　あの、どこかで私たちお会い……」

ヤバい！　バレるぞ!?　そうだ……変装の術（大人）だ！

「（装着）どうかいたしましたか？」

「……、……あの」

「どうしましたかな、お嬢さん（紳士風）」

あ、これダメだ。絶対にバレるやつだ。

「あ、いえ……、……、……なんでもありません、おじ様」

めっちゃ良い子だった。だましていることに心が痛むが、俺は昨夜、少女のハダカを見てしまったのだ。彼女の名誉のために絶対にバレてはならない。

話を変えよう。俺はおヒゲのおじ様なのだから、ジェントルな質問をしなければ。

「それは今晩の夕食ですかな」

「あ、はい」

「豪勢《ごうせい》ですなぁ。値も張るでしょう？」

「あ、いえ。全部、頂きものなんです」

「頂きもの!?　タダってこと!?」

「え!?」

「ああ、いや、すみませんな。しかしなぜ無料なのですかな？」

「あ、それはですね。先日、近くの商店街で仲良くなったお店の方々が、私の体調を心配してくれて……全て譲ってくださったんです。栄養をとれって」

「す、すごいイイ話だ……」

「はい、ありがたいことです。私は力がないので……助けられてばかりで……」

少女は何かを我慢しているかのように眉根を寄せて――しかしハッとなって顔をあげた。

「す、すみませんでした！　初対面の方にこんな話を……」

「いえいえ、お気になさらずに――そうだ。私からもこれを」

俺は使い道のなかった焼き肉のタレ（高級）を手渡した。

「お肉にかけると美味《おい》しいですよ。肉好きの友人が絶賛しているものだから、元気も出るはずです。あまり無理をなさらずに……特に長風呂にはご注意を」

「え？　お風呂……？」

「あ、いや、そういう一般論です。ハハハハ。長風呂はんたーい！　行水さいこー！」

「あ、はい！　ありがとうございます！」

そう言うと少女は勢いよく頭を下げて——ガサリ、と再び落ちてしまった野菜を二人で拾った後、もう一度だけ頭を下げて去っていった。

背中を見送りながら、変装の術を解く。

「なんか……すごい良い子だったな」

助けて良かった。俺の行動は間違っていなかった。

間違っているとすればそれは——、

「猪助に法律を教えておこう。とくに人権侵害について」

こうして一つの区切りを経て、俺のボランティア生活の幕は開いたのだった。

EP2　青春と奉仕の味は似ている

——ピピピピピピピ。

「ふぁぁ」

スマートフォンのアラームを止める。残念ながら起きなければならない。土曜日であってもボランティアは行われるのだ。

もちろん男子寮修繕を諦めたわけではないが、大した案も思いつかない。当面はボランティアをしながら機会を待つしかないようだ。嫌ならば俺の頭脳よ！　今こそ閃《ひらめ》くのだ！

五秒待ったがダメだった。

「諦めて起きよう……」

俺は渋々と掛け布団をどかした。金髪の女が潜り込んで、俺の下半身に抱き着いていた。

「おはよ、ダイリ。いい朝だね」

「……」

外から『チュンチュン』とスズメの可愛《かわい》い鳴き声が聞こえる。

スズメはたしかに目立たぬ野鳥で茶色の姿は地味だといえる。しかし昔話で伝わるように、妹のスズメは親の死に目に間に合うように着物も織らずに急いで出かけ、姉のキッツキはきれいな着物に固執したという。結果、スズメは間に合ったが、キッツキは間に合わなかった。だから孝行者のスズメは地味な容姿（着物）だが米を食べられて、親不孝なキツツキは綺麗《きれい》な服を着られるが虫だけしか食べられない一生になったのだという。

「昔話なんてどうでもいーよ」

「人の心を勝手に読むな！　ていうかなんで恋《れん》がここに居るんだよ⁉　男子寮だぞ！」

「関係ないよ。ダイリの居るところが私の居るところだからね」

「っく……入寮ごときで逃げ切れると思った俺がバカだったか……とにかくソコをどけ！」

「わ――」

ゴロン、と布団から追い出す。棒読みの悲鳴などで罪悪感が生まれるわけもない。こいつはやたらと運動神経がいいので今もきちんと受け身を取っている。

すでに猪助《いすけ》は起きているようで部屋には俺しかいなかった。隣の部屋にも気配はない。

恋は三つ指をついて頭を下げた。

「南《みなみ》恋です。よろしくお願いいたします」

「知ってるわ！　幼馴染《おさななじみ》を忘れるわけねえだろうが！」

「ここが新居ですね」

「新妻設定はやめろ！」

ギャアギャアと騒いでいると隣の部屋の金太《きんた》が戻ってきた。手には雑誌を持っている。どこかから週刊誌を仕入れたらしい。

金太は恋に気が付くと、「なんだ。恋も来てたのか」と一言。そのまま布団に寝転んだ。

「あからさまな異常を受け入れるんじゃない！」

「んあー？　なんだよ、異常って。恋が大理の傍《そば》から離れるわけねーだろ。むしろ今までよく我慢してたよ。オレ、三日も持たないと思ってたぜ」

恋がもじもじとした。

「筋肉ゴリラもたまには良いこと言う」

「ははは、そうだろ？」

恋に関しては知的で寛容な対応ができる金太は放っておく。俺達三人は中学時代三年間を共に過ごした学友だ。恋が俺にべったりなせいか、女子相手だとバカ度マックスになる金太も、なぜか逆にふりきってものすごい紳士になるのだ。

俺は改めて、色褪《いろあ》せた畳に座る恋を見下ろした。

南恋――たった二文字で自己を証明するコイツは、俺の幼馴染である。

長ったらしくなるので割愛するが、恋は俺の両親の友人の子供だ。南家は俺の実家の敷地内のアパートに娘と母親と二人暮らし。国立《くにたち》家とは大家と店子《たなこ》の関係でもある。

恋の姿はよく目立つ。金髪碧眼《へきがん》かつ圧倒的美少女だからだ。よって昔からやたらとイジメられた。いまでこそそれが恋に対する嫉妬や羨望も混じっていた行動なのだろうと想像できるが、そんなこと小学生の俺達には関係がない。

恋はある日から登校拒否になった。その結果に納得のいかなかった俺は恋と契約したのだ。『お前が結婚するまでは俺が守る。だから負けるな』と。それは十六歳まで守ってやるという約束だった。法律家の親父《おやじ》がよく『女に手を出すなら十六歳から！』と叫んでいたからだ。それもどうかと思うが、とにかく十六歳になれば恋に相手ができると思っていたのだ。そしたら今度はそいつが恋を守ればいいと思った。

それがこいつの脳内では……。

「ねえ、ダイリ。これにハンコおしてね」

「一応聞くが、㊞以外の場所が隠れてるこの書類はなんだ」

「ポッ」

「ごまかすな。無表情のうえに顔も赤くなってねえだろ」

婚姻届

「なんでもないよ。ただの〈婚姻〉届けだよ」

「却下！（びりぃいいいいい！）」

「あー、紙吹雪——」

「いい加減に理解しろ！　男は十八まで結婚できねーんだよ！　結婚は忘れろ！」

「まあまあ。先行投資だと思って。今ある資産が将来もあるとは限らないよ。手元にある時に決断をしておかないと」

同じ用紙がまた出てきた。いつの間にか〈国立〉の印鑑も添えられている。

俺は印鑑を手に取って、

「まあ確かに資産運用は大事だもんな。人生何が起きるか分からないし、投資と結婚は勢いが重要——って騙《だま》されるかボケ！　朝からアホなノリツッコミを強要するんじゃねえ！」

叩きつけた。

「あ——」

南恋は大きな勘違いをした。約束の言葉を、こう思い込んでいた。『十六歳まで俺が守ってやるから結婚しよう』。まるで誓いの言葉のようにロマンチックに信じ込んでしまった。

金太が漫画から目を離さないまま、無責任に言い放つ。

「いいじゃねえか、大理《だいり》。印ぐらい押してやれよ。減るもんじゃあるまいし」

「黙れ週刊ゴリラ」

俺は恋の両肩に手を置いた。

「え？　ダイリ大胆……見られちゃうよ、壁も直してないのに……」

「直せるもんじゃないから気にするな」

「壁崩壊プレイ……」

「あのな、恋、きちんと聞いてくれ」

十六歳が一年後に控えたころ、恋の思いが爆発した。まるで一年後に結婚式が控えている新婦のように積極的になった。頷いていたらハワイで式を挙げた後、そのまま子供をつくることになっていた。調べると本当に予約が入っていた時には流石《さすが》に笑えなかった。

それからというもの、やたらと結婚に固執する恋から逃げ続けてきた。入寮の理由の一つは恋も俺離れをしてほしかったというのもある。

「なに？　ダイリ」

「本心だ。お前は確かに凄《すご》い。都心にいけば芸能事務所とかモデルのスカウトばっかり寄ってくる。地頭もいいし運動もできる。俺はお前を心から尊敬しているよ。金髪碧眼運動勉強完璧幼馴染なんて属性、くされきったラノベレーベルの企画書でも通らないだろうよ」

「ダイリ……」

「ははは！　この新連載おもしれえ!!　主人公が口先ばっかりだぜ！」

「だまってろバカ金太！　あとで参考に読ませてください！──恋、だからな。俺はお前のことはとても大事に思ってるんだ。昔からその気持ちは変わってない」

「ダイリ……あたし、嬉《うれ》しいよ……」

「ううう。なんだこの新連載……主人公がヒロインに殺されたぞ……ヤンデレかよ……」

「だからな、恋」

俺は手に力を込めた。

「ずっと友達でいよう」

「ダイリと一緒に死のうと思う」

恋を布団でスマキにして逃げた。

＊

「はぁ……」

「なんだ、国立。もうギブアップか？　オレとしてはそれでもいいけどな」

「いえ、なんでもありません」

今日はトイレの設備点検のボランティアだった。もちろん男子トイレ側だけで、女子側は別のおばちゃん担当。なら男子もおばちゃんでいいだろ……と思っても口にはしない。

それにしても、小枝葉《さえば》という教師。

「よし、じゃあ全部終わったらここに戻ってこい。オレはここで待機してっからな。おっさんは足腰が弱いから助かるぜ。やっぱり若者が汗を流すべきだよな！」

常にこんな感じだ。どうもこのボランティアも、元々小枝葉先生に割り当てられている仕事を（営繕も兼ねているらしい）俺が代理でやらされているだけの気がする……。

一度言い返してやろうと思ったのだが――。

「ん？　どうした。はやく行ってこい覗《のぞ》きボーイ。青春はすぐに終わっちまうぞ。それともあれか。これにサインするか？」

小枝葉先生は一枚の紙をヒラヒラと掲げた。『退学届け』とある。恋とはまた別の意味でやっかいな用紙を提示してくるものだから言い返すことができない。

「黙って働くか……」

俺は端末のデータを開いた。トイレといっても広大な敷地に存在する公衆トイレである。

「どのルートにするかな……」

夜空の星座をなぞるように位置を確認していく。少ししてから、変な配置に気が付いた。

「なんだこれ、西側にやたらとトイレがあるな」

姫八《ひめはち》学園には東西南北の四か所に外部とつながる大門が存在する。トイレは十分な数が平均的に設置されているべきだと思うのだが、どうも位置が偏り過ぎている。

「なんか意味があるのか……？——あれ、そういえばこの感覚って……」

〈女子寮潜入ＭＡＰ〉を思い出す。あれも不自然な場所にあり、同様の疑問を持ったのだ。

「先生。ちょっといいですか？」

「情報は一〇〇円。写真は売らねーぞ」

「何の話ですか……」

「ん？　何のって、オレの本職は探偵だからな。迷える若者に情報を与えてんだよ」

まじかよ、この教師……。

「ま、金は直接受け取らん。千円札を落としていけ。オレが拾ってやるから謝礼で一割もらう。違法じゃねえぞ。この国のルールに則《のっと》って生きている——で、質問は？」

「いや、いいです」

こんな奴に一〇〇円でも取られたらたまったもんじゃない！

踵《きびす》をかえす俺の背中に小枝葉先生の声がぶつかる。

「西側にトイレが多い理由だろ？　きっと西門をよく使う奴の腹が弱かったんだろうな」

「聞こえてたんですか……」

気が抜けないぞ、この人。

ていうかそんな個人的な理由でトイレが増えるなら、男子寮を修繕してくれよ！

「ほら、さっさと行け。日が暮れるぞ」

シッシと手をふる小枝葉先生はすでにスマホに夢中だった。どうでもいいことに時間を使わずに、さっさと終わらしちまおう。

結局その日のボランティアは夕方までかかった。

＊

ボランティアで初めての流血事件が起きた。

「いててて……」

草刈り道具の整理中、不用心にも道具箱に手を突っ込んでしまった。その結果がこれだ。

更に不幸は続いている。最寄りの保健室があろうことか、タバ姉在籍の第一保健室。

行きたくはないが三年間避けて通れるものでもない。血も止まらないし、腹をくくろう。

第一保健室の扉を開けた。

「すみません……えっと、国立先生いますか」

規模がでかいが設備的には普通の保健室。ざっと探してみるがタバ姉の姿は見えない。

「まあ、好都合か。消毒してはやく退散しよう」

次の瞬間——パッと照明が落ちた。保健室内が暗くなる。なぜかスポットライトが落ちると、切り取られたように床が円形状に開いた。下からゆっくりとタバ姉がリフトで上がってくると同時に、機械的な声でナレーションが入る。

『やってきました、姫八学園。生まれた時から天才、生きているだけで天才。七歳で渡米、十二歳で大学院課程修了。陰で暗躍し続けた十八年目。突如として学会から去り、日本に戻った一人の少女。現代を生きる未来人とは彼女のこと——歌うのは新鋭の保健医・国立橘《たちばな》。聴いてください。真実であり本心の新曲〈モルモット以上サル以下の大ちゃん〉』

最悪な新曲だった。チャーンと音が鳴ると、楽曲は始まらずに照明が再点灯。

白衣を羽織ったタバ姉は流麗な動作で椅子に座ると、ヒラヒラのレースで彩られた服から覗く、細く長い足を綺麗《きれい》に組んだ。

「ようこそですわ。ここは国立橘管轄の第一保健室。用件を述べることを許します」

「待ってる間に止血できたから帰るね。タバ姉、さよなら」

ドアに手をかけた。

「そうは問屋がおろしませんわ！」

断頭台のような勢いでシャッターが下りてきた。

「あぶねえ!?　前髪すこし千切れてない!?　あ！　おでこの皮もむけてる！　うわあ、血まで出てきた！」

「あら大ちゃん。指から血が出たの？　でももう止まってるわよ、大げさね」

「おでこが重傷なんだよ！」

「もう。お姉ちゃんに会えたからってハシャぎすぎですわ」

「ていうか、保健室改造しないでよ……」

「だって許されてるんですもの。今の前口上も学園長に依頼されてるAIの調整ですわ」

どんなAIだよ。

この破天荒な姉は、数年の間に『日本の国立』の名を世界にとどろかせた天才だ。

メディアいわく『天才美少女、十歳にして大発明。表彰時に中指を立てる暴挙（可愛《かわい》いから許される）』『天才少女、ピアスの穴の数はIQに比例すると発表（嘘《うそ》）』『弟のために生きている。全ての発明は弟の監視のためと断言（大マジ）』とか、まあ、これだけ言えばどんな姉かは分かるだろう。

原因は不明だが、とにかくこの姉は俺への愛情表現をユニークに表現してくれているのだ。女の子との俺の約束が、何故《なぜ》かドタキャンされまくる理由が姉でないことを願う。

「大ちゃんと生活するために学園に就任したのに、なかなか会いに来てくれないんですもの。お姉ちゃん悲しいですわ。それにこの部屋、やけにケガをした人ばかり来るんですの」

「保健室ってそういうとこだからね!?」

あ、いや、違うか。もしかするとタバ姉目当ての男子が増えたのかもしれない。

この姉はマッドサイエンティスト寄りの人間ではあるが、世間どころか世界を騒がせるほどの美少女でもある。勉強をしているところなんて見たことがないのに、いつの間にか飛び級をして海外と日本の往復生活。ピアスの穴は年々増え、発明品も増えていった。

近年は俺を監視するためのシステム開発に命を懸けているという話……までは妹の双葉《ふたば》ちゃんから聞いていたのだが、なぜか今年度から姫八学園の保健医に就任していた。全く意味が分からない。それにしても——。

「タバ姉、ケガしてるのは指とおでこなんだけど。なんで包帯で全身を巻いてくるの。動けないんだけど」

「ジッケ——ちょっと試すことがあるのですわ」

「いま実験って言いかけたよね!?」

「そんな訳ありませんわ。お姉ちゃんを信じるのです。モルモット以下の弟なのですから」

「モルモット以上サル以下だろ⁉」

それも嫌だけどさ！

「あぁ、大ちゃんと触れ合うと本当に面白い。ほら、いつの間にか傷も治ってますわ」

「え？　あれ、本当だ」

「この〈瞬間キズナオール〉を付ければ即時に傷が治るのですわ。わたくしの発明品です」

ネーミングは酷《ひど》いが、効果は凄い。

「──でも三日以内に下着泥棒に間違えられます……」

「心に傷ができるよね⁈　まだ擦り傷のほうがいいよね⁉」

「嘘に決まってますわ。それにしても大ちゃん。そんなこと言っているくせに、あなた女子寮に潜入しましたわね？」

「あ」

やばい。マジでやばい。何がやばいって、俺が責められるのではなく、女子寮が悪者にされる。よくて爆破、最悪ロケットに改造されて月まで発射される。

「クソビッチを抹殺しないとですわね」

「中指立てないで！　俺が全部悪いんだ！　許してあげてください！」

「ま、学園長のお許しも出ているようですし、わたくしの裁量ではありませんけどね」

「あれ？　知ってるの？」

「大ちゃん監視システム（４Ｋ）のデータを提供しましたの」

「……一応聞くけど、なにそれ」

「監視カメラの映像において、大ちゃんの姿が写った瞬間、他の画質をモザイクレベルまで下げて、大ちゃんだけを４Ｋ画質で撮るという画期的な――」

「タバ姉のせいだった！」

やたら綺麗に写ってたもんな、脱出劇！　おかしいと思ったんだよ！

「脱出するのに必死な大ちゃん、とっても可愛かったですわぁ♡」

「中指立てながら恐悦至極しないで。とにかくもう俺帰るから」

「大ちゃん、お風呂で誰も何も見てないわね？　抹殺すべきビッチはいないわね？」

やばい。背中でも分かるほどにタバ姉の体から『ぐごごご』みたいな霊力が出ている。

答え方を間違えたら、ゲームオーバーだ……！

「神様に出会ったよ。それだけ」

「……？　そうですの？　さすがの私も神殺しにはなれませんから、しょうがないですわね。うそ発見器も反応してませんし」

よし！（うそ発見器って言った？）　逃げるぞ！（うそ発見器なんてあんの!?）

いつの間にかシャッターが解除されていたドアに手をかけて、俺は一目散に——、

「——なーんて。逃がしませんわ」

「……っ⁉」

地面から急に凹凸の罠《わな》が現れた。まるで忍者屋敷だ。飛び越えようとしたが、咄嗟《とっさ》のことで満足に足が上がらない。ダメだ、避《よ》けきれない——ガラガラ、ボヨーン！

「ふがっ⁉」

ぼよん、ぼよん——ガシッ。

な、なんだ⁉　柔らかくて更に柔らかい二つの何かに顔が埋まった後に、すごい勢いで拘束されたぞ！　だが不思議と不快じゃない。むしろ天国のようだ。

耳元で聞きなれぬ甘い声。

「……うさ次郎……？」

「うおおおお⁉」

ハチミツのようにあま————い吐息も耳にかかり、俺は思わず手で押しのけてしまう。

と、今度は手のほうに柔らかいぼよんぼよんが！　どっちへ行っても天国だ！

「大ちゃん、手を切り落としますから、こちらへ」

タバ姉が反応しているということは、やはりこの柔らかさは……。

　激突によりぼやけていた焦点が合ってくると、目の前に絶世の美女が現れた。やけにアダルトな色っぽさが見て取れるが、学園の制服を着ているので生徒で間違いはない。学生服のリボンの色が違うが、たしかこの色は二年生の色だ。

　どうやら転びそうになったところで、偶然ドアが開いて、偶然女子生徒がいて、偶然俺が頭から突っ込むことにより、偶然転倒を回避したらしい。幸運の大安売りだった。明日死ぬかもしれない。

「大ちゃん、麻酔なしの右腕と麻酔なしの左腕、どちらが先がよろしいですの？」

　死ぬのは今だった。

「落ち着こう、タバ姉。そもそも忍者屋敷みたいな保健室が悪いんだ」

「選択の自由はありませんが、命までは取りません。わたくし、壊すのは得意ですの」

「おい保健医!?」

　嵐がやってこようとしたその時、元気な声が仲裁に入った。

「国立センセーイ！　いい加減、撫子《なでしこ》にベッド貸してあげてくださいよーう」

　振り返ると、先ほどのボヨンボヨン先輩の後ろから更に新しい女子生徒が顔を出していた。まるで岩の陰からこちらを窺《うかが》うウサギみたいだ。アイドルのように可愛いし、小動物系ではあるが、こちらもリボンの色からすると先輩のようだった。

「ほらほらあ、撫子もお願いしないとー。いつまでたっても安眠確保できないよう？　撫子の目標は一日十三時間睡眠なんだからさーあ」

「うさ次郎の匂い……」

「んんー？　うさ次郎って、昔捨てられちゃったボロイぬいぐるみのこと？」

「ボロくない。うさ次郎は最初で最後のベッド仲間」

なにその仲間。少し妄想しちゃうんだけど。

俺には事態がよく分からないが、タバ姉は理解しているらしい。

「いけませんわ。保健室というのはそもそも体を復調させるための場所。趣味の睡眠をとりたいだけならば、他に行くことですわ。これは何度お願いされても許されないことです」

「あーあぁ、またこれだよう。可哀《かわい》そうな撫子ぉ」

うさぎ先輩の見えない耳が垂れ下がった気がした。

ボイン先輩はいまだに俺を見ている。美人に見つめられるって、ドキドキするな……。

「あれぇ、どうしたの撫子。この子、なんかあるのー？」

「うさ次郎……」

「うーん。ドリームタイムに入ってるなぁ！　今日はこれで退散しよーう！——しっつれいしましたぁ！」

ガラガラピシャン！――勢いよく閉められたドア。タバ姉に翻弄される心配ばかりしていたら、まったく違う出会いがあった。

「まったく、最近の若い学生はなっておりませんわ」と、自分とほぼ同い年の生徒の愚痴を言うタバ姉。バカにするとひどい目に遭うので静かに退散することにした。

追手がいないことを確認してから、俺は自分の手を見て、わしわしと動かしてみた。

「それにしても……」

滅茶苦茶《めちゃくちゃ》やわらかかったぞ……！

＊

「あれ？　この子じゃないの？」

ボランティアの残り日数も半ばを過ぎたころ、頭上から声が落ちてきた。しゃがんで草むしりをしていたところだったので、空を見上げるように確認。

見覚えのある先輩二人が立っていた。先日の保健室で出会った二人組の先輩だ。

「あ、どうも……」

そっけない態度もどうかと思い、立ち上がって頭を下げた。あとパンツが見えそうだったので一人で焦っていた。のだが、それ以上に焦る事態が発生。

「わ〜〜〜、うさ次郎だ〜〜〜〜」

「ちょ……⁉」

いきなり抱き着かれた。突然すぎて声も出ない。

「こら——撫子、離れなさーい！」

「ん——————、うさ次郎〜〜〜〜」

うさぎ先輩がボイン先輩の襟首を引っ張ってくれたらしい。柔らかな体が離れていく。

「撫子！　人前で抱きついちゃダメ！　この前注意したばかりでしょおー⁉」

「うん。でも林檎《りんご》、これはうさ次郎が生き返った喜びの舞なの」

「舞ってないし、やっちゃダメ！」

「うん。わかった、絶対にしない——ん——————」

「言ってる傍《そば》からするなあー！」

再び俺に抱き着こうとするボイン先輩の襟首を、うさぎ先輩はサッとつかむ。どうやらボイン先輩が撫子さん、うさぎ先輩は林檎さんというらしい。下の名前だろうか？

「ごめんねえ、君。えっと、この前保健室で会ったよねえ？　名前、なんていうの？　ていうかなんで草むしってんの？　あ、ちなみに私は二年雪組の小埜寺《おのでら》林檎で、こっちが同じクラスの西園寺《さいおんじ》撫子だよお。撫子先輩に、林檎先輩でいいからねえ！」

「こちらこそ、よろしくお願いします。今はボランティア中です。名前は国立大理、一年花組です。この前は色々すみません」

姉の分まで、なんかすみません。

「国立？　そうすると……まさか」

林檎先輩は察したようだ。国立なんて珍しい苗字《みようじ》、気が付かないほうがおかしいだろう。

「お察しの通りです」

「え！　ほんとに喋れる犬なの!?」

「人間！　国立橘の弟！」

どうすればそういう話になるんだ!?

「あはは－、うそうそ！　冗談でーす！」

抱き着こうとしてくる撫子先輩の襟首から手を放さずに、空いている方の手で俺の肩をバシバシたたいてくる。なんだか騒がしい人だ。

「でもそっかあ！　国立先生の大好きな弟くんって君なんだねえ！――あ！　そうだ！じゃあさ、撫子がベッド使えるように頼んでくれないかなあ！　見ての通り、撫子の発育は睡眠によって支えられているんだけどさあ！　保健の先生が変わってから撫子にベッド貸してくれないんだよねえ！」

そう言って林檎先輩は撫子先輩の胸をボインボインとたたいた。効果音が聞こえる気がした。それぐらい波打っている。

「林檎、やめて」

やめないで！　と思ったが黙っておいた。ボランティアが延長してしまう。

「あー、いや。助けたいのはやまやまなんですが、タバ姉――国立先生ですけど、彼女を説得するのは俺でも無理ですよ。昨日だって逃げてきたぐらいですし」

「うーんそっかあ！　そうだよねえ。天才だもんなあ！　じゃあしょうがないねえ！」

あははは一、と大して気にした様子もない林檎先輩の手をすり抜けて、撫子先輩が俺の傍にくると、さっと頭をなでてきた。

「……うさ次郎……会いたかった……喜びのいい子いい子」

「あ、あの……撫子先輩？」

「う一むう？」

なでる撫子先輩となでられる俺を観察しながら、林檎先輩は顎に手を置いた。

「人見知りの撫子が異常なくらいに固執している……これは地球が滅亡するか、国立くんが異形の存在なのか」

俺は妖怪か。だが確かに二人とも超がつくほどの美人だ。俺レベルの顔じゃ妖怪枠でも仕方がない気もする。恋に匹敵するほどの容姿は久しぶりに見た気がするしな。

いや、そういえばお風呂場で見た女の子も相当可愛《かわい》かったか――。

「――国立くん！　いや、タッチンと呼ぼう！　君は今日からタッチンだ！」

「タッチン⁉」

エロ妖怪だった。

「タッチンはさ、うさ次郎の生まれ変わりなの？」

「そもそも、うさ次郎って何なんですか」

「……うさ次郎はベッド仲間」

日本語が分からない。

「撫子にはね、うさ次郎っていう睡眠時専用の抱きぬいぐるみが居たんだよね。ま、今は捨てられちゃって手元にはないんだけど」

「ぐすん……ん――――」

やはり抱き着こうとする撫子先輩を止める林檎先輩。それでも口は止まらない。

「で、撫子が言うには、君がうさ次郎と同じ匂いがするっていうんだよね。理由わかる？」

「いや、思い当たる節はないですし、さすがに分かりませんよ」

「だよねえ！　ごめんね！　バイトの邪魔して！」

「ボランティアです」

「似たようなもんだよおー！」

あはははー、と俺の肩をたたいた林檎先輩は、俺に手を伸ばし続ける撫子先輩の襟首をつかんだまま背を向けた。健康的な太ももは撫子先輩を引きずるだけの馬力があるようだ。

「んじゃねえ！　タッチーン！」

「ん――――――」

途端に静かになると今までの光景が夢だったかのような錯覚に陥った。それぐらい勢いのある二人の先輩。まるで夢の中の妖精のようだった。

小枝葉先生が様子を見に来た。

「おい、国立。さぼってんじゃねーぞ。まだノルマこなしてねーだろ」

「いや、おっぱいと太ももの妖精に出会いまして」

「え、おい。お前……そんなにつらいなら少し休んでいいぞ……？」

急にやさしくなったおじさんの言葉を無視して（最近は小枝葉先生の扱いに慣れてきた。悪い人じゃないのだ）、俺は草むしりを再開した。

　忘れそうになるが俺は男子高校生であり、ボランティア少年ではない。男子寮の修繕を諦めたわけではないが、物事にはタイミングというものがあるはずだ。

　今の俺にできることは、授業を受けてご飯を食べて、放課後を勤労で埋めて、風呂に入って、明日に備えて早めに寝るだけである。どこにも青春がない。悲しい。

　しかし今は、とにかく我慢の日々だ。これは次なる一手への布石なのだ。

　よって学食への道すがら、廊下を歩く生徒の一部から、

『少し前に女子寮に不審者でたらしいよ』

『ほんと？　なんか怖いね』

『きっとすごい凶悪な思想持ってる人たちだよ』

『反社会的な人たちなのかな……』

『脱走したゴリラらしいよ』

などという会話が聞こえたとしても決して言い訳などしてはいけないのである。

「ねえ君たち。ボクは思うんだけど、リーダーの国立《くにたち》くんは反社会的ではないよ。もちろん少しエッチな所もあるけどさ。あと脱走したゴリラじゃなくて、たぶんそれ熊飼《くまがい》く――」

「――そお―――い！」

猪助《いすけ》のおでこをパチーン！

「いたい！　なんなの、国立くん。おでこが痛いよ」

「俺の心を悟ってくれ！　しかもなぜ俺をリーダーにした⁉」

猪助はおでこをさすると、腰にぶらさがった愛刀「モンちゃん（あだ名らしい）」がそこにあることを確認するかのように指先で触れた。

「あーもう、赤くなってない？　気をつけてよ。ボクは平気でも、たまにモンちゃんが自動反撃しちゃうんだからさ」

「それお前の意思だからな」

「えー違うよ、モンちゃんがボクを守ってくれてるんだよ」

およそ21世紀とは思えない会話をしながらもやっとのことで学食にたどり着く。

そちらはそちらで盛り上がっていたらしい金太《きんた》と写模《しゃも》は先に券売機に並んでおり、俺と猪助も後ろに並んだ。

「大理《だいり》は今日なに食うんだ？　オレ、焼き肉定食——あれ？　恋《れん》はいねーのか？」

「俺は肉野菜炒《いた》め定食——恋は今日休みだ。俺らと違うクラスになったからな。人付き合いの苦手なやつは自主的に精神的休暇を入れないとショートしちゃうだろ」

とはいえ初めて会ったルームメイト達に、恋は反応しなかった。金太と出会った日を思い出すほどに自然と触れ合っていた。やはり寮生は一味違うということなのだろうか。

「——おい！　てめえだよ、おい。列に入れろよ。少し下がれや」

「俺たちのために並んでくれてたんだよなー、ありがとな。お前名前なんだっけ？　ああ、カシマくんね、覚えた覚えた。じゃあコジマくんありがとなぁ。明日もよろしくな！」

乱暴な声が聞こえたのでそちらを見ると、別のレーンで割り込みが発生していた。猿のような赤髪と、目つきの鋭い金髪というかなり目立つ組み合わせの生徒が、下級生の前に割り込んだらしい。列割り込みは立派な軽犯罪だって知っているのだろうか。

金太が腕まくりを始めた。正義感の強い金太は自然とヒーロー的な行動をとる。これでゴリラじゃなければモテていただろう。ワンチャン、ゴリラにはモテる可能性がある。

「見てらんねえな。あれで二年かよ。大理、どうすんだ？」

「どうするも何も、俺は処分期間中だぞ。ボランティア期間が延びたほうがどうするんだ」

「おいおい、恋を救った王子様はどこいったんだよ。じゃあ放っておくのかよ」

「そうは言ってない。やるにしても目立たないような作戦立てて——と言いたいところだが、猪助が事件を起こそうとしているから止めるぞ。男子寮のピンチ到来」

「おお!? 猪助も中々やるなあ」

「ヤらせるな。モンちゃんを妖刀にする気か」

さすが師範代。目にもとまらぬスピードで列を離れた猪助が、不良先輩達の真横に立ってジっと見上げていた。自然と周りにエアポケットが形成されている。

「——ああ？ なんだ、お前。何かあんのかよ」

「後ろから並ばないとダメだよ」

「はぁ？ お前いきなり何言ってんの？」

「だって今割り込みしたでしょ？ 並んでいる人たちが居るんだからダメだよ」

「まさか俺たちのこと知らねえのか？ 〈姫八《ひめはち》の北風と太陽〉。聞いたことぐらいあんだろ」

「知らない」

俺も知らない。

「——っは！ なら教えてやるよ！ てめえの体にな!!」

「——北陽コンビネーション！」

ずいぶんと乱暴な奴らだ。会話の途中だというのに、金髪は腕を振り上げ、赤髪は大きく足を引いた。ネーミングセンスには目をつむるにせよ、金髪と赤髪の息はぴったりだ。同じタイミングで右ストレートと左ローキックを見舞うつもりだろうが、頭は悪いらしい。なぜ攻撃対象の腰の刀に気が付かないのだろうか。一目見て、争うべき相手ではないと分かるだろうが——って、あれ⁉　猪助の腰に刀ぶらさがってない！

思わず振り返る。写模が刀を抱えながら頷《うなず》いていた。まさか事件になる前に原因を取り除いたとでもいうのか。すごすぎるテクニックだが、今はそう褒めてもいられない！

「しょうがないなぁ……あれ？」

スカッと抜けた手を確認する猪助は、頭に血が上っていたのだろうか、友達が消えていることに今更気が付いたらしい。

猪助は斬撃スピードだけは優秀だが、それ以外は可愛《かわい》い顔をしたか弱い男の子……じゃなくて、筋肉もさほど付いていない細身の男子高校生だ。意外とドジっ子属性も備えており、今だって友達が消えていた驚きからか攻撃を避《よ》ける気配がない。

「金太！」「おうよ！」

俺達は左右から挟み込むように猪助の前に立った。

——バシ————ン！

金太は赤髪のローキックを筋肉（アブドミナル・アンド・サイ）で受け止め、俺は金髪

のパンチ、、、をJKD《ジークンドー》通信講座で鍛えた技術でさばいた——つもりだったが、金髪は大げさに

振り上げたこぶしを振り子にするような独特なキック、、、を繰り出してきた。

つまり完璧に無防備だった太ももに、蹴りがクリティカルヒット。

「〜〜〜〜ッ!?——あんた、モーションがおかしいだろ！　キャラ属性が対極なんだから攻撃手段もパンチとキックで分けるべきだろうが！」

「ああ!?　んだよ、てめえら！　どこから湧きやがった！」

「オレたちのコンビネーションにケチつけんじゃねえ！」

暴力が発生した為《ため》か、周りがざわついた。まずい。なんとか収拾させないと……。

いつの間にか近づいていた写模が猪助に刀を返しながら、不良達に顔を向けた。

「貴兄らは引くが吉。我ら男子寮生。触れると不幸になる存在でござる」

なんだそれ、と思う間もなく二人組は過剰に反応した。

「てめえら〈ヤモリ〉かよ！　先に言えよ、くそ！　ふっかけてきたのはてめえらだぞ！」

「そうだ、俺たちは悪くねえからな！——おら！　どけ！　見せもんじゃねえんだよ！」

今までの争いが嘘《うそ》だったかのように元の喧騒《けんそう》が戻ってくる。北風と太陽は消え、からまれていた男子生徒は困ったように頭を下げて立ち去った。

刀に頬《ほお》ずりをしていた猪助がハッとなり、前に立つ俺に頭を下げる。

「あ……ありがとう、国立くん」

「おう、あんまり無茶するなよ。ま、何かあっても男子寮生、助け合いでいこうぜ」

「うん。わかった」

コクコクと頷く猪助が可愛い……とかそういうことは断じてない！

立ち去る二人組にポージングで威圧していた金太は放っておくことにして、気になるワードが耳に残っている。

「写模。さっきの〈ヤモリ〉ってなんのことだ？」

「我ら男子寮生は、快適な学園生活と過酷な寮生活を当たり前のように行き来する存在。つまり水陸両用の両生類のごとき生態。故に、付けられたあだ名が〈ヤモリ〉。男子寮生は様々な猛者ばかりであり、関わるともれなく不幸が訪れるという学園七不思議の一つ」

「俺たちは七不思議の一つなのか……」

しかし、おかしな話だ。

「たしか〈ヤモリ〉って爬虫類《はちゅうるい》だよな。両生類なら〈イモリ〉だろ。理由はあるのか？」

「テストに出ない故、気が付く生徒が居なかっただけだろう」

「ここ一応、進学校だろ……」

「よって、これも七不思議の一つ」

「男子寮で二つ⁉」

また一つ、携帯端末に微妙なメモが増えた一日だった。

＊

初々しい学園生活もしばらくすれば様々な変化が見て取れる。

友達のグループが固まったり、行動が習慣化したり。あとは見落としていた近道だとか、先生の口癖だとか、学校のくだらない七不思議だとかに気が付いたり。

俺がそれに気が付いたのは、つい最近のことだった。

「やけに机がきれいだ」

部屋割りが関係しているのかクラスも同じとなった面々――金太・写模・猪助は近くに見えない。

「たしか昨日、学園長の悪口俳句をここに書いていたはず……」

〈ハゲなのに　おヒゲはふさふさ　なぜだろう〉――それが消えている。それどころかピッカピカに光っている。

「なぜだろう……？」

なぜハゲなのにおヒゲはふさふさなのだろう。

理由が分からぬまま次の授業の準備をしていると、机の中に見知らぬノートを見つけた。

「なんだこれ」

〈数学〉〈1年花組　名前　東條風花《とうじょうふうか》〉と書いてある。

「こんな名前の女子なんて居たっけ？」

女子と決めつけるのもなんだが、可愛い感じの字だし女子だろうと思う。

「悪いが、調査のために中を拝見させてもらおう」

ぱらぱらとページをめくると、付箋がやたらと目についた。そして答えも直に分かった。

「几帳面《きちょうめん》な子だな……」

学習ノートの角には日時や場所を記載する欄がある。少なくとも俺の周りにはそこまで記載する奴はいないが、手元のノートにはきっかりと記入してあった。

〈場所　花組教室　日時　4月6日　20時〉

注目すべきは時間だ。20時から数学の授業が始まっていることになっている。

「つまり夜間学生ってことだな」

姫八学園には多様な学生ジョブが用意されている。それは様々な理由から学問を諦めねばならない者への救済措置らしい。学費免除は特待生の特権だが、ジョブ制度は生活費などの金銭援助が中心だ。

このまえ追いかけられたメイド。あれも国家資格取得者に混じって、学生メイドが混じっていた。学生メイドは寮費が免除され、基本的には夜学へ通うらしい。

「さて、それはそうとして――」

推測するに夜間学生は俺の机を使っている。さらに使用するごとに綺麗《きれい》に掃除をして帰ってくれているようだった。物への感謝が強い子なのだろうか。どうにせよ感謝しかない。

なにかお返しがしたくなった。


「ふーむ」

俺は手元のノートに目を落とした。字は綺麗だし真面目なようだが、数学にかんしては苦手なようで、カラフルな付箋に〈あとで調べる!〉とか〈解き方からわからない……〉などと書いている。オリジナルの犬のイラストが描いてあって、悲しそうに泣いていた。


「……よし!」

くるりと指先でシャープペンシルを回すと、俺は付箋へ〈助言〉を記入していった。

僭越《せんえつ》ながら勉強は苦手ではない。タバ姉ほどではないが記憶力も良いほうだ。ここはひとつ勉強のお手伝いで感謝の意を示そう。

少なくとも決して出会いを求めての行動ではない。ボランティアをしているんだし、そもそもそれは人命救助だったわけだし、ここらで一つ良い出会いがあっても良いんじゃない⁉　などと期待しているわけでもない。本当。本当だよ！　本当だからね⁉

「この程度でいいかな」

数学が苦手な人でも、十分に分かるような〈理解へのコツ〉を中心に書き入れておいた。これで十分だろうが、これだけだとメッセージの意図が伝わらないかもしれない。

「ついでに一言書いておくか」

〈机を綺麗にしてくれてありがとう。付箋のコメントは感謝の気持ちです。少しでも役に立てば嬉しく思います。国立大理〉

「これで良いだろ」

うんうんと頷き、自己満足に浸る。

冗談はさておいて──その時の俺は本当に、これで終わりだと思い込んでいたのだ。

しかしこの話には続きがある。東條風花さんのノートに助言を書き込んだ翌日のことだった。期待すらしていなかった青春ルートに一筋の光が差し込んだ。

「ん……？」

荷物を机に押し込もうとしたところ、何か引っかかるものがあった。一度荷物を引っ張り出して、手探りしてみると、出てきたのは一冊のノート。

「あれ、これって……」

どう見ても昨日と同じ数学のノート。持ち主は東條風花さん。

「見つけられなかったのか……？」

昨日と同じようにノートが入っていた。もしかすると、気が付かなかったのだろうか。

しかし昨日も夜学はあったはずなのでそうとは思えない。

俺は何気なくノートをぱらぱらとめくってみた。

「おお……？」

その瞬間、全てが杞憂《きゆう》であったことを知った。

ノートを開くと大きな付箋が一枚貼《は》ってあり、〈ありがとうございます！　とってもよくわかりました。いつも机を貸していただいてありがとうございます！　東條風花〉とあった。なるほど。これは交換日記的な返答ということか。

サプライズとは恐ろしいものだ。ボランティアで荒《すさ》んでいた心が途端に躍動してきた。

「まさしく今、俺の青春が始まったのでは……？　これは昔話的な〈良いことした人へのボーナスタイム〉なのでは……!?」

甘酸っぱい展開が、何気ない一日からスタートしているのでは!?

何が良いって、俺が貸している机でもないのに真面目にお礼を言っているところが良い。学園の備品なのにすごい感謝されてる。そうか。この子は可愛《かわい》いのだ。だから素直なのだ。

間違いない。やった！　やったぞ！

「苦節十数年。やっと俺にも春が――」

「――なにしてるの、ダイリ」

「うおおおお!?」

「……どうしたの。何を隠したの？」

「どうもしないよ、恋くん。片づけただけさ。それと気配を消して近づくのはやめようね」

「ふうん……？　まあいいけど。ご飯、いこうよ」

危ない。俺を取り巻く奴は青春ブレイカーばかりだ。バレないように気をつけねば。

放課後、俺は再び一行程度のやり取りと勉強の助言を記入した。

その日から顔も知らぬ生徒――東條風花さんとの交換ノート勉強会が始まった。

＊

それは〈とある〉夜のことだ。同じく〈とある〉団体との出会いをここに記しておこうと思う。

俺達〈男子寮ルームメイト〉は写模に誘われ、普段は行こうなどとは考えもしない、男子寮の奥も奥――体感温度が数度は下がりそうな未踏の地へと足を踏み入れていた。

「どこに行くんだ？」と皆が尋ねても「ついてくるでござ――のだ」と隠しきれていない忍者語でごまかされるばかり。写模を除いた三人の頭には〈？〉マークが何個も浮かんだ。

しばらく黙ってついていくと、先導していた写模がようやく立ち止まった。一見するとどこにでもありそうな倒壊しそうなドア。押し開くと、さらに下へと続く階段が現れた。

「地下室なんてあったのか、この男子寮」

「うおお！　ちょっとわくわくしてくるな！　宝とかねえかな⁉」

「ボク、幽霊とか苦手なんだよね……モンちゃんでも斬れないから……」

写模は勝手知ったるなんとやらといった感じでスタスタと階段を下りていく。カビ臭くはあるが、他の部屋と違って埃《ほこり》っぽくない。人の出入りがある場所のようだ。

しばらく下りていくと再びドアが現れる。写模がゆっくりとドアを押し開くと――。

「おお……⁉」

そこはおんぼろ男子寮の地下室には似合わぬような整備された空間だった。空調は稼働しライトも照っている。壁一面に写真がぶら下がっており、机やいすも整然と並べられている。雰囲気としてはカードショップが近い。かなりの数の男子が室内で何かをしていた。

「ここがＤＶＤの本部でござる」

「ＤＶＤ？」

なにかの略称だろうか。

「男子寮・童貞（ヴァージン）・同盟」

「……、……」

言葉が浮かばない。男子寮が七不思議に数えられるのも仕方がないほどにコアな組織だ。

「大理、見てみろよ、色々すげーぞ！　あ、これ恋じゃねえか？」

「なに……？」

聞くはずのない名前につられて壁の写真を見た。

写真だと思っていたそれらはどうやらカードのようである。撮った写真を加工してカード化しているようだ。右下や左下に数字が書いてあったり、能力が設定されているところを見ると、対戦型カードゲームのようだ。品ぞろえは全てが〈女子のカード〉だった。

ウルトラレアの列に〈1年星組　南《みなみ》恋〉とある。ホログラム加工までしてあった。

「おい、写模。ここって一体……」

「理由《わけ》あって我はＤＶＤでＥＤとなった」

「EDの意味によっては悲しい話になるぞ」

「ED即《すなわ》ち〈エグゼクティブ童貞〉」

「どうにしろ悲しい話だった……」

写模の話を繋《つな》げていくと、〈盗撮していたらDVDのメンバーに声をかけられて、短期間でDVD史上最大の貢献をしたところ、役員に抜擢《ばってき》された〉ということらしい。

「すげえなあ！」と金太は感心しっぱなし。

「うーん、業が深い……」と猪助は若干引き気味。

俺はというと恋のカードを見たせいで、あまり盛り上がることができなかった。アイツがそういう目で見られていると、昔から複雑な気分になってしまう。別にいいけどね⁉

いつの間にか移動していた写模は手作り感満載のステージに立つと、「我らが主君、サンジュウシの御登壇《ごとうだん》」と口を開いた。

言葉を合図にして、部屋の隅から三人の人間が現れ出た。各々が動物のお面をしていて、右から順に〈狐《きつね》〉〈狸《たぬき》〉〈猿〉だった。姿から推測するに〈三獣士〉といったところか。

三匹？は、同時に一つ頷くと、さほど大きくはないがよく通る声で順に宣言した。

「我らは童貞魔法使い！」「女子はフェイスとバストとヒップ！」「性格ブスには天罰を！」

『『『『うおおおおおお‼』』』』と沸くオーディエンス。

「うおおおおおおお!?」と呑《の》まれる金太は入会決定。

「しかし……なるほどな」

どうやらここは男子の欲望が具現化した場所らしい。周りを見てみると、実在する女子生徒をカードゲーム化して遊んでいたり（裏を見たところカードゲーム名は〈ガールズ×ルーラー〉というらしい）、ブロマイドを売っていたりと商魂たくましい。

あたりを見ると猪助が居ない。どうやら早々に立ち去ったようだ。

まあ、アイツには似つかわしくないだろう。どっちかというとカード化される側な気がする。俺はいらないけどな！　いらないからな！　本当だよ!?

「げ。タバ姉がレジェンドだと……？」

売りものではないらしく、何かの景品らしい。他は盗撮されたようなアングルなのにタバ姉のカードだけカメラ目線。盗撮でベストアングルを撮らせるとは実にタバ姉らしい。

「あれ。撫子《なでしこ》先輩と林檎《りんご》先輩もレジェンドか」

俺の周りレアリティ高いな……。黙っていないと不都合な事も色々と出てきそうだった。

「国立」

「ああ、写模。これを俺たちに見せたかったのか？」

「是。本来、一年は二学期まで参加のできぬ行事。しかし拙者に免じて参加が許可。寮生以外でも認可されたものは在籍可。悪くはない集いだが、どうだ」

「ちなみにサンジュウシってのは、先輩寮生か？　三つの獣の士で〈三獣士〉？」

「是であり否。サンジュウシは先輩寮生であるが、三つの重い死で〈三重死〉」

「なんで三回も死んでんだ」

「早漏↓留年↓幼女好き」

ダークサイドに落ちていた。

「金太は入ると思う。こういうノリは意外と好きだからな。あいつも入会条件を満たしていることは、俺が保証する」

俺もだけどね……。

「了解した」

雰囲気からして俺が入会しないことは理解したようだ。どうもタバ姉の顔を見せられると、欲望スイッチがオフになってしまう。姉のハダカを見ると萎えるときと同じ法則だろう。いや、見たことはないけど。

「じゃあ俺も行くよ、ありがとな——って、あれ？」

出口に向かおうとした所で、ばら売り一〇〇円と書いてある壁掛けブロマイド群の一枚に目が留まった。思わず立ち止まり、まじまじと見てしまう。

「売り上げは運営費。営利目的に非《あら》ず」

「いや、そうじゃなくて、この写真に写ってる子……」

メイド服姿の少女の写真だ。ぱっと見、学生服の時と印象が違うので見逃しそうだったが、じっくりと見てみれば間違うこともない。写真のメイドは――〈おしり神〉だった。

「現時点で名は不明。ランクはレア以上は確定。カード化前のため一律一〇〇円でござる」

「よし買った」

俺はじっとりとした熱がこもったＤＶＤ本部を後にすると、若干遭難しかけながらも一人で部屋に戻った。猪助はすでに寝ているようだが、二人の決まり事で二三時三〇分までは電気をつけていいことにしている。

布団に寝転んで、透かすように写真を掲げた。

「メイドだったんだな。学生服を着てたし、学生メイドってことになるのか」

俺は写真に語り掛けた。名前も知らぬ助け人。そして可愛い。タイプだ。

「……勢いで買っちまったが恋に見つかったら面倒だな」

考えた挙句、未使用のノートに挟んでおくことにした。これで一安心。

ガールズ×ルーラーのエントリーデッキを満足そうに買って帰ってきた金太をやさしい目で見守ってから、俺は夢の世界へと旅立った。

EP4 やっと終わったボランティア

ついにこの日がやってきた。ボランティア最終日である。

男子寮修繕が目的だったはずなのに、いつの間にかボランティアをこなすことが高校生活の中心となってしまった。しかしそれも今日で終わりなのだ。とはいえ今日一日の業務は丸々残っているのだから気を引き締めて行おう。

さて最後のボランティアはというと、旧資料室の整理を任された。しかし規模のでかい学園である。やたらと資料が多く、一日で終わるとは思えない。

『ま、できるところまでやってくれりゃ、それでいいわ。後はオレがやるしな』とは小枝《さえ》葉《ば》先生の言葉。やはり自分の仕事を他人へ振っていたようだが、最早《もはや》いわずもがなである。

さて。5分の1ほどが終わったところで——目の前のファイル名に釘付《くぎづ》けになっていた。

「気になるぜ……」

〈マル秘・学生閲覧禁止・アダルト専用〉というファイルがある。なんてことのない棚にあからさまに置いてある。どう考えても罠《わな》だ。これは間違いなく罠なのだ。

「――でも見ちゃうんだよなあ！　男だもんなあ！」

学園長のふんどし姿のブロマイドが挟まっていた。『おぬしはエロいな！』というサイン付きだった。

「……」

俺はそっとファイルを閉じてから、目立つ場所へファイルを置いておいた。俺だけが不幸になるなんて理不尽だ。

「よし。気持ちを切り替えて……次は〈勇者制度《ゆうしやせいど》〉の棚か」

タオルを出して汗を拭く。水分をとりながら適当に資料をパラパラとめくってみた。

「〈勇者制度〉って初めて聞いたときは意味が分からなかったけど……結局のところ〈学業・部活動優秀者表彰制度〉のことなんだよな――補足と説明があるな。えーっと……

『一年に一度、各分野・各学年から一名ずつ、計九名選出のこと。学業優秀者には〈賢者〉、運動系部優秀者には〈拳聖〉、そして文化系部優秀者には〈導師〉の称号を授与。加えて表彰された分野に関連する優遇特典を与えることとする』か……」

何故《なぜ》かファンタジー要素ありまくりだな。特別な理由でもあるのだろうか。

「命名理由もここに載ってるな……えーと、なになに。『なんとなくジョブっぽくてカッコええじゃろ。儂《わし》も異世界転生したい。ｂｙ学園長』」

すでにこの学園が異世界だろ。

「そもそも勇者制度のくせに〈勇者〉が居ないし」

細かいことは気にしたら負けなのだろう。学園長に意味を求めても仕方がない。

「でも資料としては結構面白いよな――」

年代がばらけているファイルを整理しながら、内容も確認していく。旧史料室の入室には申請が必要であるため資料も気軽には閲覧できない。今のうちに情報収集をしておこう。

ファイルの中には歴代の〈賢者・拳聖・導師〉の名前と〈成績・評価・希望した特典と実際に授けられた内容〉が無機質に列挙されていた。

「学業のほうはおおむね学費免除か。うわ、こいつ帝大推薦希望かよ……まあさすがに却下か。あとは運動部……練習場所優遇とか、道具買い替えとか……お、肉一年分って金太《きんた》っぽいな……なるほど、レスリング部のやつか。理由は『体づくりのため』。しかも承認されてるし……でも一年分じゃなくて一〇〇ｋｇか。なんでもＯＫってわけじゃないんだな」

なかなか面白い資料だ。ずいぶんと読み込んでしまった。そろそろ小枝葉先生が様子を見に来てしまう。できるところまでとは言われているが、さすがにサボりすぎた。

「……ん？　なんだこれ。ラベルがない」

年代別に、現在から過去へさかのぼるように読んでいったのだが、端の端に何冊か年度もタイトルも記載のない重厚なファイルを見つけた。先ほどの失態を考えるに、見ていいものか絶妙なラインである。隅にポンと置かれている分、逆に勘ぐってしまう。

「とても気になる」

自然と辺りに視線を巡らせてから、重さを感じる黒ファイルを開いた。

「……えーと」

まず日付と名前が記載されており、次に学年が載っている。ここまでは〈勇者制度〉と同じだが、その後には参照資料A区画の1010とか、結果報告B区画の1K51などと意味の分からない言葉が羅列されている。それだけの資料だった。

「参照資料なんてあったっけ？」

棚に目を走らせるが、見当たらない——ガチャ、と突然ドアが開いた。

「おい、時間だぞ——ってお前、まだそのあたりの棚やってんのかよ」

「げ——じゃなくて、こんにちは小枝葉先生」

「とりつくろえてねえよ。最近のガキは心と口がつながってんのか」

「そんなまさか。思ったことは四分の三だけ胸の内にしまってます」

「意味が分からねえ。三十代には高度すぎる会話だぜ」

「先生、それよりこのファイルなんですけど」

小枝葉先生に先ほどのファイルを見せる。

「ああ、それか。それなら〈勇者制度〉の棚に並べておけばいい」

どうやらラベル不明のため、収容場所に迷っていたと勘違いされたらしい。

「いや、そうじゃなくて、中身なんですけど……」

「おいおい、ボランティア高校生。整理しろとは言ったが、情報整理をしろとまでは言ってねえぞ。二酸化炭素吸い過ぎて、脳みそクラッシュしてんのか」

教えてくれる気はないらしい。俺は〈勇者制度〉の棚に黒ファイルを戻した。

ボランティア終了の合図は、ため息をつく大人のありがたいお言葉に入れ替わった。

「調べりゃ分かることを他人に聞くんじゃねえぞ。分かったか、青春ボーイ」

どうやらこれは小枝葉先生なりの助言らしい。つまり俺が尋ねたことは調べれば分かる範疇《はんちゅう》の質問だということだ。

小枝葉先生について二週間で分かったことが色々とある。例えば見た目ほど悪い印象はないということ。例えばダラけているようで、きちんと仕事をこなしていること。例えば観察眼に長《た》けており助言が的確なこと。

「そして、勝ち目もないくせに俺たちの担任をデートに誘い続けていること」

「うるせえな！　口と心が直結してんじゃねえか！——あーあ。相手が聖留《せいる》先生ならどんなにいいか……とにかくこれでオレたちの関係も終わりだ。じゃあなオッかれさん、二度とくんなよ」

こうしてあっけなくボランティア最終日は幕を閉じた。小枝葉先生にはいろいろとお世話になった気がする。今度担任の品田《しなだ》先生に好きな色ぐらいは聞いておいてあげよう。

＊

小枝葉先生のアドバイス通り、俺は〈勇者制度〉もしくは〈棚にあった黒いファイル〉について調べてみることにした。

あくまで直感だが……男子寮修繕に対する何らかのヒントが手に入る気がしたのだ。

旧資料室を引き上げるまでに背表紙だけはざっと見てみたが、やはり勇者制度に関わる資料は、あの棚にしかないようだった。つまりあそこにはもう情報がない。

〈旧〉に無いのであれば〈新〉資料室に続きがあるのでは？——と、最初の行動を決めた俺は、普段はボランティアで埋まっていた放課後を使って調査を開始した。

初めて訪れた新資料室は思っていたよりも綺麗《きれい》で、資料室というよりも自習室のような作りだった。パーテーション付の机が多数設置されており、みな静かに机に向かっている。

「しかしアホだな、学園長」

手元にあるのは〈酩酊《めいてい》語録〉という本である。これは学園長の趣味の一つであるお酒を飲んだ際に、思い付きで発言したありがたいお言葉が載っている本だという。

たとえば——第十三条〈努力は人生の美点。しかし幸運こそ人生の武器——儂はらっきいすけべ体質になりたい〉

「俺だってなりてえよ」

何がムカつくかって、前半が少し納得できちゃうところだ。この語録は教師の間では裏学園則などと呼ばれているようで、バカにしていると酩酊語録から引用された叱責を受けるという。無茶苦茶だが、それを通せる力を持っているのが学園長なのだ。

「あれえ、タッチーン。またまた奇遇だねえ！」

「ん？」

妖怪の名が聞こえ振り返ると、当たり前のように林檎《りんご》先輩が立っていた。

「ん〜〜〜〜〜」と、あいかわらず襟をつかまれた撫子《なでしこ》先輩も一緒だった。

「タッチン、なにしてんのー？　私たちはねえ、撫子の安眠場所を探してるんだよねえ。でもダメなんでしょ、撫子」

「……うん。ここは頭頂部が痛くなるから」

どうやって寝ていれば頭頂部が痛くなるというのか。

「おおぉー、これは酩酊語録！　お酒は大人になってからだよお？」

「いや、そういうわけじゃなくて、ちょっと調べていることがあって」

「ふうん？　それってなに？――あっ」

「うさ次郎……」

襟首ロックを華麗にスルーした撫子先輩が、椅子に座った俺の首にもたれるように抱き着いてくる。頭を何か柔らかいものがやさしく包む。衝突事故により作動したエアバッグだろうか。そうでなければ大変なものが頭の後ろに当てられていることになる。

「こら――――!!」

思わず出てしまったのだろう林檎先輩の大声と共に引きはがされる撫子先輩。

不本意にも注目をあびてしまった。撫子先輩が近づいてくると、俺もらっきいすけべ体質になっている気はするのだが、あまりにも突然すぎるため、ドキドキする前にドタバタしてしまい、どうにも舞い上がれない。

『あれ、撫子先輩と林檎先輩だ。なんか今、誰かに抱きついてなかった？』

『白雪コンビってホントキレイだよねえ』

『男子がいきなり抱きついてたんだって……奇病かな……』

　相手にしたら逆に終わってしまう。聞こえないふりをして話を進めた。

「先輩って〈勇者制度〉みたいな……何かの要望が通るような制度って知ってますか？

テストの科目別点数で競い合う制度とか、体育祭みたいなイベントでの特別表彰とか」

　あの後、俺なりに考えてみた。小枝葉先生の言葉を聞いて辿《たど》り着いた予想としては、
〇〈勇者制度〉の棚に置いてあるのは、なんらかの報奨付き制度であるから。

〇タイトルがついていないのは、一概にまとめられない内容であるから。

といった感じである。ただその先が見つからない。酔っぱらいの言葉ぐらいだ。

「おおー？」

　林檎先輩は、ぽんっと手を叩《たた》くと「そこに辿り着くかあ！」と頷《うなず》いた。

「どういうことですか？」

「えっとねえ、なんというか、それは恒例行事というか学園伝統というか、そういう感じの話になるのだけどねえ。入学して一か月以内に辿り着く生徒はまれだよねえ！」

「はあ……？」

「大抵の生徒は初回まで気が付かないんだよね。とはいえそれが醍醐味《だいごみ》でもあるしねえ！」

「あの。林檎先輩、もう少し分かりやすく……」

「〈果報は寝て待て〉ってことかなあ！」

「……はい？」

「うさ次郎、わたしが教えてあげる。あのね、姫八《ひめはち》学園には不――」

「――こら――!!」

「ん〜〜〜〜〜」

何度目かになる襟首ストップ。撫子先輩、首が細いから折れてしまいそうだ。

「えっとね。あの制度はお祭りみたいなものなんだよお！　そして一年には上級生の口から話しちゃいけないっていう風習なのだー。一年には楽しんでもらわないとねえ！」

「分かりそうで全く分かりませんね。ヒントもダメですか？」

「うーん、ヒントねえ。ヒントは〈学園長の気まぐれ〉かな」

「あの〈エロハゲヒゲ爺《じじい》の欲望〉ですか」

「あははー、言うねえ」

「男子寮修繕してくれたら言うことはないんですけどね」

「ほーお、タッチンは男子寮生なのかあ」

「関わると不幸が訪れるらしいですよ」

「じゃあ私たちも気をつけないとねえ！」

「で、その話なんですけど、もう少し詳しく教えてもらえませんか？」

「もうだめー！　先が知りたいなら、撫子のために保健室を開放してあげてよーう」

「それは……ダメというか、無理ですね」

「じゃ、これでお話はおわりだーい――って、撫子もうやめなってば！　腕いたいよ！」

「ん――――――、うさ次郎〰〰〰」

そのとき闘牛のようにツッコミつづけていた撫子先輩のほうから『ぶちぶちっ』という音が聞こえた。

「ん？――うおおおお⁉」

顔をそちらへ向けると、襟首を引っ張られ過ぎて学生服のボタンがはじけ飛んでいる撫子先輩が居た。居たって言うか、つんのめるようにこちらに倒れこんできた。

――どんがらがっしゃーん！

「あちゃー。撫子ダイジョーブ？」

「……うん。うさ次郎が守ってくれた」

「いてて……」

机についたパーテーションごと倒れてしまったもんだから、ものすごい音がした。頭を打ったようで目がちかちかする！

とりあえず起き上がらないと——むに。

体がロックされている感じがしてるけど起き上がらないと——むに。

「……むに？」

「うさ次郎……そこは触っちゃだめ」

状況が分かるにつれて焦点が合ってきた。そして自分の手の感触も。

はて。撫子先輩が俺の上にまたがるように乗っかっている。

そんでもって俺の手が撫子先輩の胸の上にあるのは気のせいだろうか？

「撫子！　タッチンの上からどかないと！」

「うん……ごめんね、うさ次郎」

「撫子。謝るときはきちんと名前呼ばないとだめでしょお？」

「うん……ごめんね、うさ次郎」

変わってない。そして謝るのはこちら側なのではないだろうか……。

ちょうど背後に立っていたせいか、林檎先輩の位置から俺の愚行は見えなかったらしい。

撫子先輩も見えまくっている谷間を隠す気もなく、落ちたボタンを探している。

「もーう、ダメでしょ撫子！」

「うん、ごめんね、林檎」

その後、事務職員のかたが飛んできて、ものすごーく静かに怒られた。

そのまま調べられるような雰囲気ではなく、俺は寮へと戻ることにした。道中、不幸に襲われた撫子先輩のことを思い出す。

「まさかこれが男子寮生の呪い……？」

どうにせよ俺にとってはラッキーな事態だった。


その日の夜。

四人が同時に布団に入るという状況になったので、電気を落とした部屋にて尋ねてみた。

「なあ。この学園内で例えば……願いが叶《かな》うお祭りとか、そんな話を聞いたことあるか？」

本当にそんなお祭りがあるのだとすれば、頓挫している男子寮修繕に大きく近づくことができる。

「ああ？　なんだ今の、早口言葉か？」

「モンちゃん知ってる？」

とりあえずこの二人は知らないと。

「写模《しゃも》はどうだ？」

「『この学園は学生の希望により形を変えるシステムとなっている。今後の発展を祈り、この女子寮MAPを後進へささげる』」

写模が普通のしゃべり方をするものだから驚いていると、どうやらそれは何かの文章を読んだだけらしい。

「携帯端末参照。前回使用済、女子寮データ最終頁《ページ》」

「ぐうおおお、ぐがあああ」「すーすー」

速攻で寝ている健康優良児二名を放置して、現役男子寮生のみアクセスのできる共有ネットワーク上に入る。

「本当だ。こんな文章あったのか」

潜入することに夢中で気が付かなかった。たしかに女子寮MAPの添付文書〈そのほか注意事項〉の最後に意味ありげな一文が記載されている。

「意図不明。因果不明。しかし国立《くにたち》の話に関連する気配有でござる」

「おお、ありがとな――でも、この一文を信じていいんだったら、どういう意味なんだろうな……なあ、写模はどう思う？　俺たちの男子寮改修のヒントがあるんじゃないかな」

「――ｚｚｚ」

「みんな三秒で寝ちゃう！」

ミステリーチックな空気を出した俺が恥ずかしいじゃないか。

確かに関係はありそうだ。学生の希望により形を変えるという文言が、比喩や暗喩でなく事実なのであれば、学生の希望によって校則などが変わるという意味かもしれない。まさか、女子寮ＭＡＰもそういった理由で作成されたとか……？　いやでも、さすがにそんなことを許すのだろうか。いやいやでも、学園長ならやりかねない……。

「……わからん。まあいいや。考えても始まらないし、とりあえず俺も――」

――寝ることにしよう。

おやすみなさい、と布団をかけなおして目をつむる。

「……、……」

「んんん……国立くん、それはダメだよお……」

「……、……」

「ええ？　そ、そんなことできないって……モンちゃん見てるし……」

「猪助《いすけ》が気になって寝れねえ！」

男子寮の夜は長い。

EP5 ボロい青春

いつも通りの教室だが、いつもとは違う日常が花開き始めている。

開くは一冊のノート。そこに広がるのは可愛《かわい》い女の子の文字。もうお分かりだろう。俺の心は東條風花《とうじょうふうか》さんとの〈交換ノート勉強会〉のおかげでキラキラと輝いているのだ！

男子寮改善？　そんなもの今は棚上げだ！　世の中には優先順位というものがある。今一番優先すべきことは〈交換ノート勉強会〉！　これは世界の常識です！

とはいえ、例の〈願いの叶《かな》うお祭り〉のことは気になるのだが……ああ駄目だ、ノートを走るペンが止まらない！

「ふっふふふふーん♪　はっはははーん♪」

気持ち悪い鼻歌が聞こえる。誰のって？　俺のだよ！

でもそれぐらいに楽しい時間なのだ。この〈交換日記風勉強会〉には、男子寮につぶされてしまった俺の夢が全て詰まっているといっても過言ではない！

「ダイリはなんで鼻歌を歌ってるの？」

「……次のニュースです」

「一人ニュースゴッコしているという設定で乗り切ろうとしても無駄。答えて」

「恋《れん》。ごはん食べ行くか？」

「行くけど、その前に理由を教えて——なんでダイリはあのとき私の服を脱がしたの？」

「質問変わってるからな⁉」

ヒソヒソと一部のクラスメイトがこちらを見て眉をひそめている。

「もう鼻歌すら歌える気分じゃない……」

「そう？　ならゴハンいこ？」

「はい……」

自分の存在しない、俺の楽しい気持ちを壊さないと気が済まないとは……。恋といいタバ姉といい妹の双葉《ふたば》ちゃんといい、本当に俺の青春をブレイクしてばかりで対処に困る。

なんとか昼食を食べ終えて、授業開始のチャイムと共に着席。

さきほどは途中で終わってしまった返答を書こうとノートを開くと、いつもより付箋の数（メッセージ用）が多いことに気が付いた。

『国立《くにたち》さんへ。数日後にＧＷ《ゴールデンウィーク》という長期休暇に入るそうです。期間中は図書館で勉強をしたいと思っています。あの……もしよろしければ、国立さんもご一緒にいかがですか？』

「えっと」

目をこすってみた。

「……透かしか、あぶり出しか？」

いや、落ち着け俺。これは間違いなく二人での勉強会に誘われているのだ。

「まじかよ……」

本当に春が来たらしい。とんとん拍子で信じられないが、これは夢ではない。日が落ちて、男子寮に帰った後も、俺の心には日が照っていた。やはり夢ではない。

「いやあ！　青春っていいですねえ！」

本当に世界が輝いてる！　こんなおんぼろ寮なのにまるで天国みたいだ！

タバ姉を中心とした様々な過去を知る金太《きんた》が、しかめ面で口を開く。

「あーあー。どうせまた失敗するくせに大理《だいり》も学ばねえなあ」

「っは。今度こそ失敗なんてしないね！　俺は青春を謳歌《おうか》するんだ……！」

タバ姉にも恋にも邪魔されてたまるか！　絶対に為《な》し遂げてみせる！

「ゴールデンウィーク、早くこないかなあ！」

＊

「とうとうきたぞ！　光り輝くゴールデンウィーク！」

あっという間だった。相対性理論ってこういうことだったのだ。

「おい大理。ボランティアも終わったんだろ？　男子寮のことはどうすんだよ」

「それはもちろん考える。今日の夜にな」

とにかく今は図書館へ急がねば。せっかく早起きして髪をセットしたり綺麗《きれい》な服を選んだり妄想をしたりしたのだ。これで遅刻していては元も子もない。

よし。最後の確認をしよう。

筆記用具と図書館使用のための生徒手帳――よし！

新品のノートと教科書――よし！

飲み物とお金――よし！

婚姻届けと印鑑――よ……よくない！

「ダイリ。押印するか、行く場所を教えるか、どっちかにしてね」

「ただいま電話にでることができません」

「留守番機能を真似《まね》てもダメ」

「ピーという発信音の後にお名前とご用件をどうぞ」

この間に荷物をまとめてダッシュだ！

「婚約者の南《みなみ》恋です。式場の予約をしたのですが、不在なら一人で契約を進めてきます」

「今すぐキャンセルだ！」

「居留守を使うから悪い。それでどこへ行くの？」

「別に大したことじゃない。図書館で勉強するだけだ」

タバ姉との付き合いで学んだことがある。人を騙《だま》すときは半分以上の真実をまぜると成功率があがる。重要なことだけを隠すのだ。

「じゃああたしもついていくね」

駄目だった。こうなったら力技しかない。恋の肩に手を置き、真正面から目を合わせる。

「ダイリ……？」

「恋、目をつむれ」

「え？」

「二度言わせるな。真剣と書いてマジな話だ。良いというまで開けるなよ」

「う、うん……つむったよ」

「恋、俺もそんなに経験はないが、全て任せてくれるか？」

「うん……！　あたしも初めてだから……！」

「いや、これで二回目だ」

　恋を布団でスマキにして逃げた。


「第二図書館ってココで合ってるよな？」

やたらと広い学園内。知っているだけで大小三つの図書館がある。さらに内一つは第四図書館という札が掛かっていたので少なくとも四つは存在するのだ。

　俺はノートからはがしておいた付箋を今一度確認する。あのあと何度目かのやり取りで、この付箋を手に入れた。

『待ち合わせは第二図書館でいかがですか。一番奥の席に座っておきます。目印に小さな犬のぬいぐるみがついているポーチを置いておきますね！（可愛《かわい》い犬のイラスト）』

「指さし確認よし！　合ってる！」

　というわけで入館。図書館だけあって静かだ。第二図書館は知る限りでは一番大きな図書館で、奥へいくまでに何十メートルも歩く。

　夢が現実になるにつれて、手に汗がにじんできた。そもそも本当に居るのだろうかなどという愚考がよぎったころ、一人でぽつんと座る少女の背中が見えた。

「小さな犬のぬいぐるみ……！」

机の上に後ろからでも分かる程度の大きさの犬のぬいぐるみが見える。横にポーチも見える。背中を向けて座っているので顔は見えないが、あちらも緊張しているのだろうか。

「とにかく、きた」

俺の春がきた！　期待と不安が入り混じる中、さりげなく机を迂回《うかい》し、突然現れたかのように見える角度から接触を試みた。

さりげなく、さりげなく、下心などありませんという体で頭を下げる。

「はじめまして、国立大理で……す……？」

頭が上がり視界が開けると、目の前に見知った顔が現れる。

おいおい嘘《うそ》だろ、どうするんだ——脳の冷静な部分が計算を始めた。

「あ！　く、国立さんですか……！　はじめまして！　わ、わたし——」

「——東條、風花さん」

「は、はい！」

東條風花さんはそう言うと、ぴょこんと頭を下げた。小動物のようでとても可愛い。きっと頑張り屋で、無理をしすぎるところもあるのではないだろうか。そういうひたむきさが表情や仕草からにじみ出ている。だからこそ、お風呂場で湯あたりを起こし、潜入した男子生徒に介抱されるような事態になるのだろう。

「……？　国立さん？」

首をかしげるその姿のなんと可愛いことか。

写模《しゃも》に言ってやろう、『レア以上確定どころか、ウルトラレア確定だぞ』と。

そう。目の前の少女〈東條風花〉は、俺が風呂場で救ったメイド――夜学生メイドに違いなかった。

「ここは、こうやって考えるといいよ」

「あ！　なるほどです。国立さんってやっぱりすごいです！」

「いやあ、それほどでも……」

父さん母さん、お元気ですか。勉強会、すごい盛り上がってます。

よくよく考えてみれば、俺が何かを言わなければ、何かがバレるということもないのだ。

必要以上にきょどるほうがヤバい度ＭＡＸなのだから、至って普通に接してればいいのだ。

「しかもあれは人命救助だったのだ……！」

「じんめい？」

「あ、いや！　こっちの話！」

あわてて手を振って否定したら、消しゴムを落としてしまった。

「「あ」」

ユニゾンしながら、二人で手を伸ばす。

するとどうだろう。まるで少女漫画を見ているかのように、二人の指先が触れ合った。

「あ、ごめん」

「す、すみません」

「いや、俺こそ……」

自然と目が合い、東條さんが恥ずかしそうな笑みを浮かべるが、視線は外さずにこちらをずっと見つめてくる。

父さん母さん、お元気ですか。息子は今、すごいドキドキしています。

「あの、国立さん、一つ質問しても良いですか」

「え？　いいよ！　もちろん！」

この流れはアレだろ。アレだよな！

すぐに答えるぞ。付き合ってる人は今は居ないよ、って即時に回答するぞ。昔も居ないがそんなことはどうでもいい！　いますぐフラグを立ててやる！

「国立さんとわたしって、以前お会いしたことありますか？」

「ないです！（涙）」

バレるくらいならフラグを折る。

「そう、ですか。そうですよね……すみません、変な質問をして」

東條さんは、さきほど触れ合った指先をさすりながら首をかしげた。

「でもなぜか国立さんの声を、どこかで聞いたような気がして」

「俺、よく雄叫《おたけ》びあげるから、それじゃないかな（滝涙）」

「おたけび、ですか……？」

「はい、すみません（放心）」

「……っ」

東條さんが突然下を向いた。肩が揺れている。泣いているようにも見えて、あの夜の記憶と重なった。

「え？　どうしたの？　大丈夫？」

ハッと顔を上げた東條さんはしばらく俺を見つめてから、やはり肩を揺らした。けれど今度は表情が見える。どうやら笑っているようだ。

「す、すみません。悪気はないんですが、ロッキーにすごい似てるから、おかしくて……」

「ロッキー？」

「ロッキーは、昔に飼っていた大型犬なんです。おちこむと、あからさまに表情が変わるので、今の国立さんにそっくりで……！」

「犬……」

「あ、ご、ごめんなさい、気を悪くしますよね。すみません……」

「ああ、いや！　モルモットより、大型犬のほうがマシだから！」

「そう、ですか？　ありがとうございます」

「犬、好きなんだ？」

「どうでしょうか。犬というよりも、ロッキーのことが大好きでした」

「……？　ああ、そうか。今はその犬に会えないんだね。寮生活だから」

「え？　ああ、そうですね。会えません……けど、寮生活ですか」

「どうかした？」

「あ、いえ。私が寮生活をしていること、お伝えしましたっけ……？」

「あ!?」

そうだ。夜学生＝寮生というわけではないのだ。夜学にも通学生はいるのだ。

慌てふためいているうちに、ぽんと言葉が飛び出した。

「学生メイドさんだと、確実に寮生だからさ、それで――」

「え？」

「あ」

俺のバカ！　メイドなんてこと、なおさら知らないはずだろうが！

「いやあ！　なんだろう！　つまり俺が言いたいのはさ！」

顔が熱い。やっちまった感をごまかすようにノートで顔を扇《あお》ぐ。その瞬間だった。ノートの間から何かが、ふわあと抜け出して宙を舞い始めた。ゆっくりと時間をかけて、羽毛が落ちるような軌跡を辿《たど》り、首をかしげる東條さんの前にポトリと落ちる。

それは写模から購入した戦利品――東條さんのメイド服姿の隠し撮り写真だった。

「あれ、これって……私？」

「はい（無心）」

もう駄目だ。俺は全てを白状しようと口を開き――、

「――ダイリ、その写真なに？　持っていることは責めないから、入手ルートを教えて」

恋の声に中断させられた。

「恋!?　なんでここに！」

って、聞くだけ野暮だった。図書館とまで伝えた以上、見つかるのは時間の問題だった。

「え？　え？」

東條さんの頭はもはや故障寸前のようで、写真と俺と恋の間をいったりきたりしている。

「ダイリ。勉強じゃなかったの？　その写真、どこで手に入れたの？」

金髪美少女がとても怒ってらっしゃる。普段なら言い返すが、今は言葉が浮かばない。

周りが違和感に気が付き始めた。

『え？　なになに。修羅場？』

『あれって星組のツンデレラじゃないの』

『男のほう顔見える？　イケメン？』

『イケメンっぽいけど……あのレベル相手に二股は、ナイ顔系のムリ顔系』

誰か最後のやつに〈遠慮系〉という言葉をインプットして。

「……あ！」

女子特有の何かを感じ取ったのか、東條さんは立ちあがると、頭を下げて、とんでもない勘違いを口にした。

「もしかして、国立さんの彼女さんですか！」

「「え!?」」

恋と俺の声がハモッたが意味は全く違うだろう。

「そ、そうですよね、国立さんに彼女さんがいるなんてこと、ちょっと考えればわかることなのに……わたし、なんて失礼なことを……あの、わたし国立さんに勉強をおしえてもらっている東條風花といいます！　夜間学級で国立さんに席をお借りしています！」

「へいき。それは知っているから」

「それを知ってんの!?」

「あ、そ、そうでしたか！」

「おい恋。東條さんへの過度な圧力はやめろ。俺たちは勉強していただけだ」

「へいき。その圧力は未知のルートから写真を手に入れた男子学生に向けて発しているの」

「〜〜〜♪（口笛）」

「……ダイリのバカ」

「ちょ、おま――――っ!?　静かにつぶやきながら椅子を投げようとするな！　おい、まじでやめろ！　当たったら最悪死ぬぞ!?」

ギブアップのタオルは司書さんが怒りの顔と共に投げてくれた。

無事に俺と恋は第二図書館数か月出禁となりました。

＊

「散々だ……」

場所は変わって、第二図書館から離れた校門近くの喫茶店。学生以外も入れる区画が姫《ひめ》八《はち》学園には多数存在していて、この場所もそういった場所にある。

「ダイリのせい」

「だから写真のことは誤解だっての。ちょっとした偶然の連続で手に入れることになっただけなんだよ」

「そうじゃない。結婚式場の見学時間が過ぎた」

「留守電ネタがネタじゃなかっただと!?」

「け、けっこん……？」

口を半開きにしたまま、俺達を観察する東條さん。

「いや誤解だからね、東條さん」

「誤解じゃない。こっちをみて、ダイリ」

最初はこういう感じで座っていたのだが、

恋

俺○

　東條さん

なぜか今では恋に真正面から詰問される形になり、

俺

　恋○東條さん

みたいになっていた。

俺もテーブルを使いたい。水のコップ、置きたい。

それから数分後。飲み物が運ばれてくると恋の気持ちも若干おさまったようで、写真の件も不問となった。恋としては、俺の動きを追えなかったことが怒りの発端なのだろう。

さすがの恋も、写模の動きは追えなかったということか。

東條さんからしてみれば自分の写真の件よりも、恋のほうがインパクトが強かったようで、もはや一連の騒動はうやむやのまま流れていた。

めでたしめでたし。

「わたしも一緒に勉強する。勉強は苦手じゃないし、東條さんにも教えてあげる」

「めでたくなかった！」

「え？　ほ、本当ですか、国立さんの彼女さん！」

恋が無表情のまま固まった。

「今の、いい」

「え？」

「もう一回わたしのこと呼んでみて」

「……？　国立さんの彼女さん、ですか？」

「いいねボタンどこ？」

「あっても押すな」

とりあえず東條さんには恋のフルネームを教えておいた。

「それで、恋も勉強するって本気かよ……」

「する」

「で、でも、しばらく第二図書館は使えませんね。第一図書館は学校の中で、休みには使えませんし、第三は北側ですごい遠いですし、第四は個別の机があるタイプだそうで、集団での勉強には向かないそうです」

すごい調べてるな。もしかしたら俺との勉強場所探しで知ったことなのだろうか。やはり頑張り屋というか、ひたむきなタイプなんだろうな。

「そっか。残念だな、恋。会場がないなら、勉強なんてできないぞ。これであきらめ——」

「——大丈夫。とっても静かで快適な場所を知っているから」

「わ、ほんとうですか！　ありがとうございます！」

恋がこちらを見て、とっても静かに笑った。

「ダイリのよく知ってるとこ」

嫌な予感がした。

＊

場所は変わって男子寮。

繰り返す。

男子寮。

「男子寮ですんのかよ⁉」

「そう。静かだし、椅子を投げてもストップされない」

「勉強しような⁉」

東條さんが男子寮を見上げている。

「わあ、とっても……、……、……、……長い歴史を感じます！」

考えた結果、東條さんなりの良い表現が思いついてくれてよかったよ。

そういう表現をすると確かに格好がつく建物である。物は言いようってことか。

「さ、いこ」

有無を言わさずに恋が入館。何度か来館しているので案内も必要としていない。一番まともで、さらにはでかい部屋である食堂へずかずかと乗り込んでいった。

途中何名かの男子寮生とすれ違ったが、『な、なんで男子寮に女……うおおおおおおお!?』とか、『あれ、カードの見過ぎで実体化し……うおおおおおおお!?』とか『うおおおおおおお!?』とか、お前らは、うおおおおおしか言えないのか、とツッコまずにはいられなかったが、入室を止められることはなかった。

「とても賑《にぎ》やかで明るい方々ですね！」と東條さんはいちいち、男子生徒にお辞儀しては感心していた。寮生は決して楽しませようとしているわけではないのだが、東條さんのエンジェルスマイルのせいで〈うおお製造機〉になり果てていた。

「さ、始めよ。なにからする？　なんでもいいよ」

人見知りのくせに、恋はすらすらと場を進めていく。おそらく例の呼び方が異常にうれしかった為《ため》だろう。無表情のままテンションが高い、というかくし芸を披露しているのだ。

なにより東條さんがやけに犬属性っぽいのが効いてる。いちいち「恋さん、ここ！　ここわかりません！」とか、「すごいです！　さすがです！」とか、「国立さんと恋さんって、いつからお付き合いされてるんですか⁉」とか、これまた別の意味で場を回すものだから、恋も胸の動悸《どうき》が収まらない感じで、呼吸も荒いし、なんだかふらついてるし——って、おい！　本当に倒れそうじゃないか⁉

「おい恋！　落ち着け！」

「う、うん」

「深呼吸をしろ！」

「う、うん」

うれしすぎてツッコミの切れも悪く、『う、うん』しか言えなくなっている。

「ふう……もう、へいき」

オーバーヒートしてしまった恋を落ち着かせて、勉強再開。しかし東條さんは天然のツンデレキラーだったのか。おそるべし天然メイド。

そんなことをしていると、ふと出入り口から声がした。

「——ヨオーシ！　筋トレして汗かいちまったなあ！　プロテインでも飲んで、クールダウンといきますかね！」

大根役者以下の棒読みをしているのは、我らが金太君だった。

俺と恋が、冷めた目で観察していると、ちらちらと俺達を――というか見慣れぬ女子である東條さんにアピールするかのように、自慢の左大胸筋や上腕二頭筋を主張し始めた。

俺は業務用の大型冷蔵庫（なぜかこれだけは立派なのだ）から、金太が作り置きしていたであろうドリンクを出すと、陰でワサビのチューブを絞ってからシェイクして手渡した。

「おお、これはわが友、大理くん！　シェイキンまでしてくれて感謝する！」

「気にするな、親友だろ。それじゃあ、ぐぐっとどうぞ」

「おう！　オレの筋肉溢《あふ》れる飲みっぷり、その目でしかと見てくれよな！」

ちらちらと東條さんを見ながらの一気飲み。男らしさをアピールしたのだろうが、

「――ぐお⁉」

口の端からわさび色の何かを垂らしながら、そのままダッシュで退室となった。

大丈夫、わさびだから鼻から抜ける。金太、恨むなよ。

「あの方は……？　大丈夫でしょうか……？」

「気にしないでいい。あれは懸賞金をかけられている脱走ゴリラ。じきに捕まる」

「そう。あれは気にしなくていい」

「そ、そうですか」

「それよりも……恋、気が付いてるか？」

俺は気が付いた。金太のバカのおかげといってもいいが、この部屋は……。

「うん。囲まれてる」

「だよな」

「おそらく十名程度」

「一年の男子寮生がそんくらいだからな」

「突破する？　右辺の壁はもろいからいける。援護をもらえれば初撃で三人」

「何の話をしてるんだお前は」

ハードボイルドの一幕みたいだが、囲んでいるのは食堂を使いたいけども女子がいるから緊張して入れないやつか、アピールしたいが緊張して入れないやつのいずれかだろう。

「たしかにワルいのは、あたしたち。ここは男子寮なんだから、あたしたちが退散すべき」

「まあ、そうだな」

「え？　え？」

事情が分からぬ東條さんを巻き込む形で勉強道具を片付ける。

「ダイリの部屋にしよ」

「そうなるのか……」

「え⁉ え⁉」

男子の部屋というワードに反応したのだろうか。慌て始めた東條さんには悪いが、壁のない部屋に通されるとは思いもよらないだろう。

「しょうがない。俺の部屋でやるか」

というわけで――移動をしようと食堂のドアを開けたところ、十名ほどの男子生徒が一気になだれこんできたが、何事もなかったかのように通り過ぎることにした。

＊

空に月が浮かんでいる。女子寮への道を、俺と東條さんは肩を並べて歩いていた。

楽しい時はあっという間に過ぎるものだ。男子寮での勉強会は思った以上に盛り上がった。結果、遅くなってしまった東條さんを、女子寮近くまで送ることになったのだ。

「今日はありがとうございました。送ってまでいただいて、本当にありがとうございます。色々と勉強になりました……！」

「俺の部屋、落ち着かないみたいだったね、ゴメンね、生活環境が悪くて」

「い、いいえ！　こういうことは初めてだったので……！」

「まあ、そりゃそうだよね。俺だって、壁が抜けた部屋なんて初めてだよ」

「あ、い、いいえ！　そうですね！　それでいいです！」

恋は一足先に帰っている。手はかかるが全く憎めないキャラの母親に夕飯を作るためだ。

裁縫だけはやけにうまい元女優の母親は、助けがいないと食べられる料理にありつけない。

「嫌じゃなかった？」

「え！　とんでもないです！　とっても楽しかったです！」

東條さんは指折り数え始めた。

「お友達も増えました！　熊飼《くまがい》さんに、北狼《ほくろう》さんに、乱麻《らんま》さん……あと、恋さんも！」

「一応断っておくけど、恋とは結婚しないからね。付き合ってもいないからね」

「え⁉　そうなんですか⁉」

「え⁉　信じてたの⁉」

ショック！

「でもあんなに美人な方なのに……」

「東條さん。人は外見じゃないんだよ。中身なんだよ」

「中身だってとっても素敵です！」

「まあ、確かにね。確かにそうなんだけどね」

「でも……人には色々とありますよね。なんとなくですけど、わかります」

「ん？」

途端に様子の変わった東條さんの物言いに、思わず顔を向けた。

東條さんはどこか寂しそうに笑った。

「私にも、私にしかわからない大事なものがたくさんあります。だからきっと国立さんのお話もそういうことなんだろうなあって思います」

俺は夜空に視線を向けて、すこーしだけ恋のことを考えてみた。

「うん。確かにそう、だね」

恋のことをそこまで意味深に考えたことはなかったけれど、確かにそういう話になるのだろう。恋のことは好きだ。でもそれは友達として好きなのだ——と思っている。

「東條さんの大事なものを聞いても平気？」

「そうですね。うーん……」

「ああ、ごめん。言いたくないなら別に」

「あ！　いえ！　そうじゃないんです！——ただ、なんて説明すればいいのか。きっとこれは目に見えないもので、手に入れても気が付きにくいものだと思うんです」

「ふむ？」

なぞなぞみたいだ。

「ナゾナゾみたいになっちゃいましたね」

「あ、今俺もそう思った」

「本当ですか？　心、通じ合っちゃいましたか」

「通じ合っちゃいましたね」

「ふふっ」

東條さんは口に手をあてて、上品に笑って見せた。

「わたしが欲しいものは〈私が私である人生〉です」

意外と哲学的だった。

「たしかにそれは難しそうだ」

「はい。でも、だからこそ姫八学園に来ました――ここで、自分の力で色々なものを見て、手に入れて、考えて、組み立てて、それが私になっていくのだと思ってここへ来たんです」

「それは順調？」

「……はい！　だって、今日も偶然から始まったとはいえ国立さんと――あ！　女子寮が見えちゃいましたね、ざんねん。魔法はここまでのようです」

気が付かぬうちに警備員の姿が見えるほどまで近づいていたようだ。ここには因縁があるので、いつかまた来てやろうとは思っていたが、まさか女子の送迎の為に訪れるとは。

「よければ続きはまた今度話そうよ。GW中には何度か送ることもあるだろうからさ」

「え？」

東條さんは突然立ち止まると、ポカーンとしたまま停止した。

「あの、明日も、勉強会あるんですか……？」

「え？　ないの？」

GW中、ずっとうはうはだと思って、俺、姫八学園の不特定掲示板にリア充っぽい話を連投しちゃったんだけど……はずかしいんだけど！

「あ、いえ、そうですか……明日もあるんですね！　よかった！　明日もあるんですね！」

急に元気になる東條さん。大事なことなのか、二回同じことを言っていた。

「わたし、てっきり今日で終わりだとばっかり思ってて……」

「それはまた、なんで？」

「うーん。なぜ、でしょうね。なんだか、国立さんにも国立さんの世界があるんだなあって思ったら、わたしはわたしだけの場所に帰らないといけないと思ってしまったんです。きっと交換日記みたいな事をしていたから、二人だけの世界だと信じていたのかもしれません。とんだ大ばかさんですね」

「東條さん……」

なんかホロりときた。俺は今とっても感動している！

月明かりが照らす中、俺と東條さんは見つめあっている。

どこからか囁《ささや》く声が聞こえた。それはきっと天に輝く星々が俺達のことを噂《うわさ》して——。

「——あ！　ちょっとボクもギリギリだって！　押さないで！」

「——お、おい！　こっちの枝はやべえぞ！　折れるって！」

「——拙者は脱出。否、手遅れでござった」

ドシ——ン！　バキバキ！——唐突に背後の木が折れた。

「え!?　え!?」

「東條さん。また明日。俺はいま唐突に殴らないといけない熊飼金太を思い出したからこれで失礼するよ」

覗《のぞ》きをしていたな、あいつら！　やけに簡単に送り出してくると思ったんだ！

「うおおお!?　なんでオレだけ殴られんだ!?　猪助《いすけ》と写模だっているだろ！」

「写模はお宝写真で手打ち！　猪助はなんとなく手打ち！」

「ひでえ！　うわあああ、ちょっと待て、ちょっと待て！　話せば分かるだろおおお!?」

女子寮の警備員が飛んでくるまでに、時間はかからなかった。

＊

慣れというのは怖いもので、一部の男子寮生は別としても、猪助や写模をはじめとした適応力Aの人間らは、東條さんや恋の勉強通いに数日で慣れていた。

今も麦茶を手に入れて戻ってきてみれば、猪助と東條さんが話していた。

「今年のゴールデンウィークは学園長の計らいで関係者全員が十連休なんだってさ」

「そうだったんですね！　メイド業も休みになるので、とっても助かってます！」

「モンちゃんのお手入れでもしようかなあ。モンちゃんも長く生きてるから、近頃は反応が悪いしさ」

「モンちゃんさんはおいくつなんですか？」

「んー、三百歳ぐらいかなあ？」

「わあ、モンちゃんさんってすごいですね！」

「そうなんだ、モンちゃんはすごいんだよねー」

和気あいあいである。ついでにいうと猪助の笑顔がとっても可愛《かわい》いのは、東條さんのおかげなんだろうか。

　他にも、

「乱麻さんはお写真がお好きなんですか？」

「……（こくり）」

「何を撮ってらっしゃるんですか？」

「……人の夢と書いて『儚』」

「わあ！　なんだかすごいですね！」

「……笑止（照）」

　とか、

「熊飼さんってすごいたくさんトレーニングをしてるんですね！」

「おう！　俺の自慢のダンベルセットがこれだ！」

「これ、重そうです！」

「持ってみるか？　一緒に筋トレしようぜ！」

「わ、わ、わ！　む、無理です！」

　などと、尽きない笑顔を浮かべながら片っ端から話しまくっている。男子とか女子とか関係なく、彼女にとっては人間というひとくくりへ向けての笑顔なのかもしれない。

ちなみに俺達の部屋を最初に見たとき、東條さんはこう表現した。

『わあ！　とっても……、……、……、……開放的で、風通しがいいです！』

たしかに開放的だ。ものすごいポジティブに捉えた場合、間違いではない表現である。

東條さんは常におおらかな見方をするものだから、修繕運動をしかけている自分の視野が狭い気がしてきてしまう。俺って心が狭いんだろうか……。

「おまたせ。じゃあ、はじめよ」

遅れてきた恋が、いつの間にか決まっていた定位置に座ると、足のがたつきを雑誌でおさえた机が主役となる。

最近では猪助と金太も勉強会に参加していることがある。ここ数日だけで分かったことだが、東條さんは不思議な魅力を持っていて、それは人と人をくっつける作用があるようだ。まるで人間接着剤。とても素晴らしい才能だと思う。

「風花さん」と恋が呼ぶ。恋は認めた人を〈名前＋さん〉付けで呼ぶことが多い。

「はい、なんでしょう？」

「コツを覚えるのが早いね。今日のノルマはもう終わり」

「あ！　そうなんですか！　わたし、問題集をこんなに早く終えたの初めてです！」

「じゃあ予習しておく？」

「はい！」

予習まですることはすばらしいことだ。恋が俺の荷物を指さした。

「ココとココは開けちゃだめ。いやらしい本が入ってるから」

「なんの予習を始めた⁉」

「〜〜〜〜〜!!」

ぶんぶん、と無言で東條さんは顔を振る。冗談なのに、顔が真っ赤だ。

「ふああ、なんか腹へったなあ」

金太が勉強に飽きて、寝転んだ。東條さんの前で格好つけるのも限界のようだ。

「モンちゃんもお腹《なか》すいた？　なにか食べたい？」

「キワどい話はやめなさい」

めいめいに好きなことを話していると、パチンと音が鳴る。

「「「……？」」」

皆が注目。どうやら東條さんが手を打ち鳴らしたようだ。

「そうでした！　すこし、お台所を借りてもよろしいでしょうか？」

男子寮の台所など、カップラーメンのお湯を沸かす程度の場所だ。

「別にいいと思うけど……なにをするの？」

「前から考えていたことがあるんです！」

東條さんは身を乗り出して、ニコリと笑った。

＊

「どうぞ！　完成です！」

「「「「「「おお――――!?!?!?」」」」」」

インスタント食品だけが陳列する男子寮の食堂に、きらきらと光り輝く手料理が並んでいる。寮に居た生徒全員が集まっており、その全てが机に身を乗り出していた。

あの後、東條さんはどこかへ出かけてしまった。だが、しばらく待っていると段ボールいっぱいの野菜やら肉やら魚やらを持って帰ってきたのだ。

「近くの商店街の方とお友達になりまして、捨てるものを頂けることになっていたんです！　ご遠慮したんですが、軽トラックでお送りしていただきました！」

たしかに前も商店街の話が出ていた。どうやら東條さんは、姫八学園の近くの商店街の方々に対して、人間接着剤スキルを発動し、短期間で懇意になったらしい。

結果、ほぼ〇円で数々の食材を手に入れたのだ。中には足の早い高級魚なんかも混ざっており、どれだけの人間が東條さんの魅力にはまってしまったかが容易に想像できた。

それから東條さんは、テキパキと料理を作り始めた。誰に声をかけたわけでもないが、普段では想像もできないようなおいしそうな匂いにつられて、勝手に寮生が集まってきた。

東條さんが『もう少しですから、お皿を用意していただけますか？』とお願いしたときなんか、皆が訓練された犬のように動きまくっていた。

そうして完成した料理の量を見る限り、男子寮全体を対象としていたようで、俺ら以外の寮生（二・三年含む）全ての目の前に料理が現れたというわけだ。

小学校時代の給食を思い出すような図式のもと、先生役の東條さんがニコリと笑った。

「いつも皆さんインスタント食品を召し上がってましたよね？　栄養も偏ってしまいますからずっと気になっていたんです！　いつもお邪魔していますので、これはいつものお礼です！　どんどん食べてくださいね！」

「おお……？」

誰かが呻《うめ》くように応じ、お皿のから揚げを手づかみで口に入れた。

そして——倒れた。

「草薙《くさなぎ》————!?」

サバゲー&FPS大好き草薙（兄）脱落。

「え？　え？　お、お口に合わなかったでしょうか？」

焦る東條さんに俺は首を振った。

「いや、うますぎたんだと思う——とにかく、いただきます！」

俺は場を取り仕切るように大きな声で宣言。他の寮生もひきずられるように手を合わせ、とてもおいしそうな料理の数々に手を伸ばす。

『これが寮の庭に生えていた草？　今度は野草の知識を増やすか……』

『……おら、都会さ来れて、ほんとによがったあ……この調子で嫁っこさ、見つけねえと』

『料理ごときで情けない。どれ一口——あ、これ（昇天）』

忙しいやつらだった。でもその気持ちもよく分かる。

俺も一口食べてみた。確かにうまい。東條さんの性格が調味料になっているかのような、優しいながらも芯のある味付けだ。そこに〈女子の手作り〉というエッセンスまで加わってしまえば、寮生の反応も仕方がない。

「肉だ！　うめえ！　まじでうめえ！　風花ちゃんおかわり！」

「うわあ、本当においしいね。寮でこんなにおいしい料理食べられるとは思わなかったな」

「……絶技。絶技でござる（カメラのシャッター音）」

「ふうん？　わたしも一口もらう。ダイリ、ちょうだい」

「あ、おい！」

恋は俺の食いかけのから揚げをつまんだ。口をモグモグさせながら静かに立ち上がる。

「はひはひ、ほいひい」

「飲み込んでから話せ」

ごっくんとしてから、再び恋が口を開いた。

「確かにおいしいね。でも、ダイリはもっと濃い味が好き。わたしはそれを知ってる」

「まあな。でも、十二分にうまいぞこれ」

「ん。別に深い意味はない――じゃあお母さん待ってるから、帰るね」

「おう、また明日な」

「ん。風花さん、ちゃんと送ってあげてね」

「お？　おう、分かった。寄り道もしないから心配するな」

「大丈夫。ＧＰＳで見てるから」

「せめて目視にしろ！　マジな監視はタバ姉だけにしてくれ！」

「……？　橘《たちばな》さんのシステムで確認してる」

「譲り受けるんじゃねえよ！」

この前なんてＧＰＳが見つからないから結局、物を全て買い替えたんだぞ!?

「冗談。そこまでしてない」

「どこまでならしてるんだ……しかし、あれだな。恋としては珍しいな」

「なに？」

「いや、短期間でそこまで他人に入れ込むのも珍しいなと思ってさ」

「べつに。風花さんはいい子だと思うけど」

「そりゃそうだけど……」

「わたしは──」

帰り支度を終えた恋は、椅子に座る俺を見下ろした。こいつは美人すぎて、何をしても絵になる。

「──ダイリの世界に住みたいだけ」

「？　どういう意味だ──っておい、帰るのか……ああ、行っちゃった」

残されたのは意味深な言葉と食堂の喧騒《けんそう》だけだった。

＊

月夜が飾る舞台の中心を歩きながら、東條さんはペコリと頭を下げた。

「なんだかすみません。わたしの勝手で遅くなったのに、わざわざ送っていただいて……」

「お礼はこっちがするべきだよ。あんなにうまい夕飯なんて久しぶりに食べた」

いつもカップラーメンとかだもんなあ。冷蔵庫に調味料しか入ってないもんなあ。

「そう思っていただけて良かったです」

「皆も本当に喜んでたよ」

「あの。国立さんも、ですか？」

「え？　そりゃもちろん」

「よかったあ」

「……!?」

デスマス調から転じてのタメ口に、思わずドキッとしてしまう。

ごまかすように話を変えた。

「そういえば、この前の話だけどさ」

「この前、ですか？」

「うん。大事なものの話」

「……あ、はい！」

なんだ今の間。

「例えば何か俺たちに手伝えることはあるかな？　寮生の奴らは癖が多いけど、きっと東條さんのことなら一度や二度くらい手助けしてくれると思うよ」

「それはとてもうれしいです！　でも……今のままで十分です！」

また変な間。なんだろうか。

「そうなの？」

「はい。皆さんと出会えて、勉強をして、ご飯を作って、それを『おいしい』と食べていただいて――わたしは自分が欲しかったものを、少し勘違いしていたかもしれません」

「この前言っていた、目に見えないもの？」

「はい。ずっと手に入らないと思ってました。いつ手に入るのかもわかりませんでした。でも振り返ってみれば、とっくに、そしてあっという間に手に入っていたのかもしれません。そして……それでわたしは十分だと思いました！」

「変な間がさっきからあるね」

「え!?」

「いや、なんか思うところがありそうな……」

「あ……いや、いえ……」

しどろもどろになる東條さん。俺は別に困らせたいわけではない。

「俺は勉強しか教えられないけど、それでも良ければ東條さんの力になりたいと思うよ」

「……ありがとうございます！」

雑談をしながら先を進む。俺は話をしながら、考えていた。きっと東條さんには何か事情がある。それはきっと彼女にとって大事なことなのだろう。

男子寮修繕のために女子寮に潜入――。

高校生メイドとして働きながら夜学に通う――。

愚痴を言い続け男子寮をこきおろす――。

考え抜いて必ず今の状況を褒める――。

どちらが正しいと考える気はない。

けれど。東條さんが困っているのなら俺は助けたい――そう思った。

＊

男子寮修繕という日々の目的が、いつしか〈東條さんとの勉強会開催〉へと変わり始めていたゴールデンウィーク――しかし、その最終日はとうとうやってきてしまった。

もはや恒例となっていた男子寮食事会終了と共に、食堂では別の会が開かれていた。

「三番！　一年花組、熊飼金太！　シックスパック腹踊り！」

悪夢みたいなかくし芸大会だ。酒など用意されていないのに皆ハイテンション。二酸化炭素の吸い過ぎか、もしくは東條さんプレゼンツのゴールデンウィーク食事会が終わってしまう悲しさを吹き飛ばしたいのかもしれない。猛者ばかりではあるが、やはり人の子なのである、マル。

ヒドい大会でも、胸の前で手を合わせて盛り上がっている健気《けなげ》な東條さんの横に座った。

「東條さん、ゴールデンウィーク中は本当にありがとう」

「あ、国立さん！　こちらこそ本当にありがとうございます！」

「東條さんに直接お礼を言えないようなシャイな奴らも居るけど、内心では感謝してるよ」

「はい！　さきほど写模さんにもお礼にと写真を頂きました！」

「へえ？　どんな写真？」

さりげなくチェックしてやらないと盗撮写真渡してる可能性があるからな。

「あ！　えっと、こ、こっちですね！」

「？　ありがとう……うん、いい写真だね。さっきの全員集合写真か。みんな良い笑顔してるなあ……」

なんか今、東條さんの手元に写真が二枚あったけど……一枚しか見せてもらえなかった。

「は、はい！　とっても良い写真をいただきました！」

「それは良かった」

「とっても嬉《うれ》しいです！」

「おお、気合が入ってる」

「家宝にします！」

「言い過ぎじゃない!?」

「興奮しすぎてしまいました……！」

二枚？の写真を大事そうにしまい込む東條さん。彼女もまた二酸化炭素を吸い過ぎているのかもしれない。

「恋さんにはお礼を言いそびれてしまいました……」

「ああ。恋は母親に飯つくりに帰ったから——まあ同じ学園内にいるんだし、そのうちまた会えるよ。夜学とはいえ、休日は一緒なんだしさ」

「あ。そ、そうですね……」

「……？　なにか——」

「——ねえねえ！　風花さんちょっといいかな、ボクのかくし芸に協力してほしいんだ！」

質問を重ねる前に東條さんが、猪助に拉致されてしまった。

名残惜しそうに席を立つ東條さんだったが、今日も送る旨を伝えると、『じゃあいってきますね！』と嬉しそうに去っていった。

まったくウケなかったシックスパック腹踊りはおいといて、それ以外のかくし芸はそれなりに盛り上がっているようだ。

「次ボクね！　一年花組、北狼猪助！　人間あやつり人形やります！」

「え？　え？」

『いいぞー！』

『ED！　ED！　写真とれ！　写真！』

『愚問。これすなわち必定でござる』

やんややんやと騒いでいる。DVDの利権が絡んでいた気もするが、それは後で止めておこう。こういう思い出をそういう図式で汚しちゃいけない。

しかし猪助は何をするのだろうか。〈人間あやつり人形〉って若干怖い。が、そこは猪助も分かっているだろうし、多分東條さんに適当に口を動かしてもらって、腹話術なんかをするのだろう。猪助も国宝を持ち歩く剣客とはいえ、可愛《かわい》いかくし芸を持っているもんだ。

「じゃあね！　いまからボクが風花さんの秘孔をモンちゃんで突くね！　そうすると、だんだん気持ちよくなってきて、ボクの言うことをなんでも聞いてくれる人形になってくれるんだ！　これはもともと拷問用だったものをボクのテクニックで――」

「「「「――ストップ！　すとおおおおおおっぷ！」」」」

この日、初めて男子寮生が一致団結した。

のちにＤＶＤ会員の一人は語る。『エロフラグを折るのは、あれが最初で最後のことだろう。しかし童貞紳士として後悔はしていない――ただ、同人誌は作りたいと思う』と。

＊

ラスボスとなってしまった猪助を皆で討伐したあと、先輩寮生の一本締めで閉会となった。皆が笑顔に包まれており、スマキにされていた猪助も同じく楽しそうに見えた。多分。

ＧＷ最後の日は、一層遅い時間の送りとなった。さすがに金太達も尾行はやめたようで、それぞれ部屋で寝たり、風呂に入ったり、ＤＶＤ本部でガルーラ（ガールズ×ルーラーの略称らしい）の対戦をするようだった。

すでに慣れてしまった夜道で、東條さんの声を聞く。

「今日も本当に楽しかったです」

「最後以外は、本当にね」

猪助は定期的に人権に関する法律を忘れるよな……。

「でも本当に充実したゴールデンウィークだったよ。最初はどうなることかと思ったけど……俺、東條さんに感謝してるんだ」

「感謝、です？」

「うん。俺、あの男子寮に対して不満しかなかったんだよね。もちろん修繕希望はずっと出すけど……でも、東條さんの反応見てたらさ、そこまで悪いものでもないと思えた。視野が広がった気がするんだ。だからありがとう、東條さん」

「そ、そんな！　わたし、何をしたかもわかってないですし！」

「ま、そうだよね。ごめんごめん」

確かに抽象的だった。自分語りもほどほどに――。

「――でも、それを言うならわたしも、国立さんには感謝しかありません」

「ん？」

俺のトーンに合わせてくれたのか、東條さんの声はわずかに沈んでいる。しかしそれが彼女自身の問題であることはすぐに分かった。

「わたし、大事なものを自分の手で守りたくて姫八に来たんです。でも、じつはスグに挫折してしまいました。疲れがたたって倒れてしまったこともあるんです」

「ああ、うん」

もちろん知っている。しかしやはり疲れから倒れたのだな。あの時は分からなかったが、今なら東條さんが倒れるまで頑張っていた様子が目に浮かぶ。

「自分の力を証明しようとしたのに、逆に、力の無さをここで知ってしまいました。本当につらくて……まさか一か月もしないで結果が見えるなんて思わなかったんです」

「そうだったんだね」

正直、先ほどの俺よりも抽象的で、話の着地地点が見えない。

何と言っていいかの判断もつかず、曖昧な反応しか返せない。

「でも、そんなとき、国立さんから付箋のコメントを頂いて……こうやって、皆さんと夜にご飯を食べたりして……」

「うん」

「しかもそれは私の作った料理のおかげだって、皆さんが認めてくださって。わたしにもこうやって何かを作り出すことができるんだって、知ることができました」

「みんなも喜んでたしね」

「考えていた結果とは違いましたけど、手に入ったモノは考えていたモノよりも、ずっとキラキラと輝いていました。それがとても嬉しくて、わたしはとても満足しています」

「そっか」

「だから――」

大きく息を吐きだすように発せられた言葉。

しかしその後は、あらかじめ決められていた台詞《せりふ》のようにサラサラと紡がれていった。

「――これで心置きなく〈退学〉することができます」

「それは良か――って、ええ⁉　た、退学⁉　いま退学って言った⁉」

「はい、申し訳ありませんでした。黙っていようと思いましたけど、嘘《うそ》をつくことになると思って、無礼ながらもこうしてお話しさせていただきました」

東條さんの所作はいちいち礼儀正しい。お嬢様然としているというか、良い育ちが見てとれる。でも今はその綺麗《きれい》なお辞儀が、全てを終了させるかのような他人行儀に見えた。

「でも、なんで⁉　退学なんて、脱衣所を覗いた俺でさえ免除されたのに⁉」

「脱衣所……？　覗く……？」

「例えです。本当に（真顔）」

「そうですね。確かにそういう区分としては、なにかの償いとしての退学ではありません」

「じゃあ、なんで……！」

「国立さん。わたしは、なんでも一人で出来ると思っていました。でもわたしは——まだ文句を言うだけの子供でしかありませんでした」

強くなる語気をおさえるように、東條さんは静かに語った。いつもは人懐っこい東條さんが、急に手の届かないような存在に見えた。

「単純な話なんです。二学期からの学費が足りません」

「学費……？　学費って一年単位の納入じゃなかったっけ……？」

姫八学園の学費は年度初めに一括振込みだったはずだ。父親に聞いた。

「一部の生徒は学期割納入が認められるんです。それはお金に困っている生徒などです。そしてその生徒の一人がわたしです」

「お金に困ってる……なら、奨学金制度は？　あれは申請すれば確実に——」

「それも考えたのですが、申請時期が間に合いませんでした。奨学金は国、姫八、どちらの制度も一年単位の申請のようでして、受けるとしても二年からになります」

「でも、他になにか……」

「思い付きで入学してしまいました。そして卒業できると考えていました。でも、全てが甘かったと知ったのです。石橋をたたいて渡るタイプではありませんでしたが、今回は訳あって飛び込むしかありませんでした。それでも、計算をしているつもりだったのです」

いつもはふわふわとしている東條さんの、鋼鉄のように固い意志。

図書館を事前に調べてくるような女の子だ。可能性を全てあげてなお、二学期には進めないと判断したのだ。学生ジョブにより寮費は無料になる。

それら全てを考慮した結果、挫折したに違いない。

欲しかったおもちゃを買う為《ため》にやっとの思いで貯金箱を割って――お店に行くための交通費や消費税を考慮しておらず、貯《た》めたお金が足りなかった時のようなケアレスミス。大人なら笑って解決できるような、でも子供ならば泣いて諦めるしかないような、ささいな思い違いの話。

無い話ではないのだろう。でも、そんな話に東條さんの笑顔を消されたくはない。考えるのだ、国立大理。男子寮に文句を言っている場合ではない。

「ちょっと待って。考えてみる。少しだけ時間が欲しいんだ、東條さん」

「……、……、……はい」

崩れ落ちそうな東條さんをこのまま帰すことはできない。カミングアウトのタイミングがとても気になる。恋に会えないと諦めていたことも。

おそらく明日にでも出立の準備を始めるつもりだったのではないだろうか。きっと朝になれば、今夜までの彼女は消えてしまう。

それは、とても嫌だ。

だから考える。頭の回転率をあげる。天才的な発想を、心を静かにして、思い込みを捨てる。俺にはタバ姉と同じ血が流れている。

その一瞬で、彼女の一生を変えることができれば――。

「――っ！」

でも、気が付いてしまった。東條さんにはきっと色々な事情がある。それを探ることが目的ではないけど、一つだけ見過ごせないものがある。それは、彼女にとって一番大事なことが〈自分の力で乗り越えたい〉という点にあること。

だから俺がお金をかき集めても、タバ姉に泣きついても、親父《おやじ》に借金を頼んでも、彼女にとってはゲームオーバーと同意なのだ。そこに自分の意思がないから。

「……国立さん、ありがとうございました。もう、決めたことなんです。皆さんのことは忘れません。私はこの結末を受け入れます」

俺の表情から悟ったのだろう。東條さんはタイムアップを告げた。

これで終わり。これでさよなら。俺は男子寮の愚痴を言い続け、変わらぬ日々を惰性でやり過ごす。同じ繰り返しの中でいつの間にか三年が過ぎれば、東條さんとの記憶もきっと薄れていく。〈結末を受け入れる〉とはそういうことなのだろう——でも。

「大丈夫だよ、東條さん！」

でも——そんな結末は絶対に嫌だ！

俺は東條さんが胸の前で合わせていた両手を、包むようにして握った。

「え⁉……え？……あれ、これ……」

何かを言おうとする彼女の言葉をさえぎるように、あたりはばからず叫んだ。

「大丈夫！　俺がなんとかする！」

「で、でも、それは私の……」

「もちろん東條さんの気持ちも分かる。でも答えを出すのはまだ早いよ。だから、まだここに居てほしいんだ！」

「あ……、……、……それは」

計画が見透かされているのを悟ったのだろう。東條さんは途端に動揺を見せ始めた。

「俺、東條さんと一緒に勉強できて楽しかった。東條さんは？」

「も、もちろん楽しかったです……！」

「俺と、東條さんと二人で勉強したから楽しかった。違うかな？」

「……はい、その通りです」

「東條さんの主張は分かる。自分でなんとかしないと意味がないんだろうと思う。でも、それを俺は手伝いたい。勉強だって同じじゃないか。テストを受けるときは一人でも、それまでの過程はいくらだって協力できるだろ？　だから俺に手伝わせてほしい。俺と東條さんの二人で、この問題を解いていきたいんだ！」

「二人で……？」

「そう、二人で！」

「国立さんとわたしで……？」

「俺と、東條さんで！」

「そんな……国立さん、そんなこと言われたら、わたし、勘違いしちゃいますよ」

「別に勘違いでもいいじゃないか！　進むことが大事だよ！」

〈勘違い〉の意味がよく分からないが、流れを切るのはまずい。ＡＬＬ肯定だ！

「……ほんとですか？」

「ウソだったら金太のプロテインを全部片栗粉《かたくりこ》に変える！」

「誰かと頑張ってもいいんでしょうか」

「助けを求めちゃいけないなんていうやつは、かたっぱしから猪助に斬ってもらう！」

「力のないわたしが、ここに居ていいんでしょうか……？」

「いてくれないと、写模の楽しみが一つ減っちゃう！」

「……、……、……!!」

長い沈黙の後、

「ありがとうござ、ます！　あの時も助けて頂いて、本当にありがとうございました……！」

東條さんは嚙《か》んだ。

でもそれは気が付かないふりをする。だって、きっと彼女は泣くのを我慢して、唇を引き締めることに全力を注いでいるから。

「俺もあのとき東條さんのノートに書き込みをして良かったと思うよ」

「あ、いえ……、……いえ、そうですね。私もノートを置き忘れて本当に良かったです」

はにかんだ彼女のなんと可愛《かわい》らしいことか。

「あの、国立さん」

「ん？　なに？」

「えっと、手を、そろそろ、あの」

「手？——うおお!?　ごめん！」

「い、いえ！」

俺は汗ばむほどに握りしめていた東條さんの手を見た。あれだ。手というか、あれだ。胸の前に組んでいる手を包み込んだせいで、俺の手が若干、東條さんの胸にあたっていた。前から気が付いてはいたが、東條さん、胸、やばい。撫子《なでしこ》先輩並みだ。

「と、とりあえず続きは明日以降にしようか！」

「は、はい！」

俺達はどちらからともなく歩き始めた。二人きりの沈黙が意味を変えている気がする。なんだか誰かの視線を感じたが、自意識過剰だろう。それぐらい舞い上がっているのだ。長くも短い逢瀬《おうせ》の終わりが見えた。もはや見慣れた女子寮の明かり。

「到着……しちゃいましたね」

「うん……じゃあ、今日の続きはまた明日以降に」

「あ、はい、おやすみなさい国立さん」

踵《きびす》を返す俺を、少し上ずった声が引き止めた。

「あ、あの！　国立くん！」

「……ん？」

東條さんは下を向いている。表情は見えない。

「あ、いえ、国立、さん」

「なに？」

「いえ、えっと、その」

「どうかした？」

きっと顔をあげた東條さんのその顔は、勢いに反して泣いてしまいそうだった。

「ううん、大丈夫、だから——ばいばい、国立くん」

「お、」

どきり。

「おやすみ、東條さん」

変化球は苦手だ。いやこれは剛速球ストレートなのか？

どうにせよ、男子寮に戻るまで動悸《どうき》が収まらなかった。

EP6 ボランティアふたたび

学園長室。目の前には笑みを浮かべる学園長と、さえない顔をした小枝葉《さえば》先生が立つ。俺は机の前に立たされており、冗談を言える雰囲気ではない。つまるところ呼び出しを食らい、一人で出頭しているという状況だ。前にも見たことがあるシーンである。

「なんというデジャブ」

「儂《わし》のセリフじゃ」「オレのセリフだ」

「なんというユニゾン」

「学園長。こいつ、こういう奴なんですよ。腐っても国立橘《くにたちたちばな》の弟ですから、容赦する必要なんてないんですよ」

「いやいや、将来有望じゃて。儂は好きじゃよ」

「ハゲヒゲ爺《じい》さんに好かれても」

「おいおい、青春ボーイ。いくらムカついてるからって、俺たちに当たるんじゃねえよ。

ハゲでヒゲでもこの学園のトップだぞ？」

「ふぉっふぉっふぉ。反骨精神もまた青春。儂は好きじゃよ――でも小枝葉は許さん☆」

「っく。いたいけな三十代をはめたな、国立……」

「自滅じゃないですか……」

もうお分かりだろう。俺は再びなにかしらの罰を受けようとしている。

罪状は？――男子寮への執拗《しつよう》な女子連れ込みの罪。

「そもそもそんな規則ないでしょう!?」

「まあ、規則にはないがの。内通というか、他の学生から指摘を受けてしまったら、考慮せねばならんのが組織というものじゃ。そして学園職員会議では、お主の行動には圧倒的に否定票が集まった。よって、お主は有罪じゃ」

「はぁ……」

こうやって自由がつぶされていくんだ。なら、俺もあがいてやる。

「学園長、一人の少女がそういった社会の図式につぶされようとしています。学費が足りなくて一学期で退学だそうです。俺のことは置いといて、そういった少女についての救済はないんですか？　罪を作るなら、救済も作れるでしょう？」

「お前、詭弁《きべん》だけはクソ政治家並だな」

「ふぉっふぉっふぉ。たしかにお主の言う通り。裁くことを知る我々は、助けることを知らねばならぬな」

「なら――」

「――ならばその救済されるべき少女を連れて来るのじゃ、国立大理《だいり》。そしてその者の口から直々に救済の懇願をせよ」

「……っ」

何もかもを見透かされたかのような一文。それは無理だ。東條《とうじょう》さんはそんなことを頼みにはこない。

どこまで知っているのか。目の錯覚だろうが、大きく見え始めた学園長は鷹揚《おうよう》に笑った。

「ふぉっふぉっふぉ。陰から救うのも一つの手法。しかし自分勝手な救済は〈おせっかい〉というエゴに姿を変えるぞ？　国立大理よ、まずは己の行動で罪を正義に変えるのじゃ」

「……はい」

「うむ。素直で良いのう」

学園長はこれで話は終わりだとばかりに、視線で退室を示しながら、形式上の言葉だけを発した。

「他に何か、質問や確認事項はあるかの？」

なんというデジャブ。ならば俺もそれに乗っかろう。

「学園長。俺は罪を認めます。全て俺がやったことで、全てが俺の計算上の行動です。ですから制裁対象はもちろん俺だけにしておいてくださいね。そこには被害者と加害者しか登場しないということですからね？」

「ということだが、小枝葉」

学園長が小枝葉先生を見た。小枝葉先生はムカつくぐらい格好良く肩をすくめた。

「喜んで罪を認めるっていう奴がいるなら、それ以外に何を求めるっていうんですか。報告書にもそう書きます。国立大理が女子を連れ込み、純粋な三十代の心を汚したってね」

「最後が余計だ」

「余計じゃねえよ」

「そういえば品田《しなだ》先生がこのまえ欲しい香水があるって言ってたなあ、あれはたしか」

「余計でした。オブラートに包んで書いておきます」

「よろしくお願いします」

「てめえ、絶対に教えろよ。嘘《うそ》ついたらゲロ吐きながら泣くからな」

「ふぉっふぉっふぉ。良きかな良きかな」

学園長は満面の笑みで頷《うなず》くと、代り映えのしない贖罪《しょくざい》方法を宣言した。

「一年花組・国立大理！　男子寮への女子誘導により二週間のボランティアを命じる！」

＊

夜もふけて――〈内通者調査〉を頼んでいた写模《しやも》から報告があった。難しい話じゃない。

〈誰が学園長にチクったんだ⁉調査〉ってことだ。

「内通者判明。赤髪と金髪の二年でござる」

「あ！　大理、そいつらあれだろ！　食堂で揉《も》めた二年だろ⁉　仕返しってことかよ⁉」

全てがつながった。

「っくそ。GW最終日だ。あの日、金太《きんた》たちがついてきてないのに、誰かに見られてる感覚がしたんだ。多分あのとき、何か証拠を握られたんだ」

手に胸が当たったときに写真でも撮られたか。

「……？　ボクよく分からないんだけど」

「なにが分からないんだ」

「国立くん、撮られて困るようなことしたの？」

「星が綺麗《きれい》だなあ」

「曇りだよ」

　本当に星が綺麗だなあ！

「――で、どうすんだよ大理。あの二年にやり返しにいくか？」

　脳裏に〈北風と太陽〉コンビの顔が浮かぶ。正直、何かしらやり返したいという気持ちはある。いつの間にかコンビ名を覚えてしまったことがムカつきに拍車をかけている。しかし問題がある。やり返すことが正当化されるほどの決定的な証拠がないのだ。

「写模。さっきの報告だけど、なにか証拠でもあるのか？」

「否。証拠は赤と金による他者への自慢のみ。それ以外の証拠なし」

　俺は首を振った。

「さしあたり、生意気な一年の行動を監視してたら偶然強請《ゆす》れる要件をみつけて――でも自分たちは手を汚さずに正当なルートから制裁させたってとこか。証拠があったとしても最早《もはや》回収できる場所にはないよな」

「拙者の見立てとしては、異論なしでござるな」

「じゃあ、無理だな。下手に刺激したら、さらに悪化するだけだ。俺はこのままボランティアに入る」

「なんだよー、つまんねーなあ」

「つまるつまらないの話じゃないの、金太君は筋トレでもしていなさい」

「はーあ。じゃあ妄想筋トレでもするか……」

妄想筋トレとは、美女に囲まれながら筋トレをしているという妄想をしながらするただの筋トレである。

「さて」

東條さんの件はまだ誰にも話していない。二人で解決すると言ったのだから、ある程度固まるまでは黙っていないと、嘘つきになってしまう。

となれば、やることは一つ。

明日は楽しいボランティア。

「朝も早いし、早く寝るか……」

青春どころか、囚人のような生活だった。

＊

今日のボランティアは学園内の小規模公園の整備だった。データ上、〈小規模〉という区分ではあるが、姫八《ひめはち》学園の表現は当てにならない。つまりデカくて途方もなかった。

「まあ、とにかく始めるか……いつか終わるだろ」

最近ではボランティア業務に疑問すら浮かばなくなってきた。むしろ前向きですらある。

入学してから一番していることがボランティアって……。

すでに男子寮修繕は蜃気楼《しんきろう》のように揺らいでいる気がする。しかし期待していた高校生活とは違っていたが、別の方向に楽しくなっていることは事実。知らぬうちに、青春と呼べる日々に足を突っ込んでいるのかもしれない。

「それに、東條さんの件もなんとかしないとな……」

そう。俺にとって、今一番重要なことは目先の男子寮ではない。東條さんの未来を掴《つか》み取《と》ることが一番の優先事項なのだ。

だからこそ――。

「今はボランティアに集中！」

言葉と共にパチンと頬《ほお》を両手ではたいた。気合注入である。金太と知り合ってから、論理的な部分に先駆けて、気持ちが先走ることが出てきた気もする。メンタルよりもフィジカルって感じだ。まずは行動。それが大事。

だからといって何かがすぐに変わるわけでもなく、静かにコスモス花壇の整理を始めた。

「ん……なんだこれ」

作業も中盤に差し掛かったころ、花の間から寄贈者のプレートが出てきた。地面に突き刺さっていたようだが何かの折に倒れてしまったらしい。ずいぶんと泥で汚れているが、かろうじて文字は読める。

〈　寄贈　二年雪組　　　秋桜〉

南恋《みなみれん》に匹敵するほどのショートネームだ。ずいぶん前からあるようなので卒業生だろう。

「でも、生徒が学園に寄贈なんてする必要あるのか？」

作業の手を止めて思考にふけっていると、ある点に気が付いた。

「ああ、なるほど。ここには〈コスモス〉しか咲いてない。コスモスは漢字で書くと〈秋桜〉だから……自分の名前の花を、花壇いっぱいに植えたかったのか」

そうかそうか、と納得しかけるが――。

「いやいや待て。なんでそんな個人のワガママが通るんだよ」

「――国立くん！」

「ん？」

声のしたほうを見ると、東條さんが立っていた。メイドの仕事があったらしくメイド服姿だった。写真の中では見慣れているが、実際に見るのは初めてだ。

「あれ、東條さん。どうしたの？」

「どうしたのじゃありません！」

「よくこの場所が分かったね？」

「写模さんにお聞きしました！」

「タバ姉・恋と続いて写模まで俺の居場所を把握し始めたのか……」

「そんなことはどうでもいいです！」

ほっぺたを膨らませてぷりぷりしている東條さんは新鮮だ。

「東條さん……なんか怒ってない？」

「はい。わたしはいま怒っています！　理由は分かりますか？」

「うーん」

ごまかしてもいいが、やはりそれは良くないだろう。素直に回答した。

「俺が東條さんをかばったから」

予想外の展開だったのか、東條さんは目を見開いた後、苦しそうに眉をしかめた。

「わかっているなら、なぜ仰《おつしや》ってくださらなかったんですか……？」

「それも答えがあるよ」

「どうか教えてください」

「東條さんと俺は今、二人で問題を解決しようとしているよね。あの夜に約束した」

「は、はい」

「俺は考えた。もしもここで東條さんがボランティア二週間なんていうものに時間を取られていては、さらに問題が山積みになってしまう。加えて、主犯格の俺は絶対に二週間のボランティアは避けられないだろう。だから自分一人で罪を受ければ、東條さんの時間だけは確保できる。これは効率の問題だよ、東條さん」

「そ、そんな詭弁《きべん》に騙《だま》されません……！」

「いや、そう言われると」

「でも……」

東條さんはぺこりと頭を下げた。

「……国立くんがわたしのことを思ってくれた上での判断だったということはわかりました。ありがとうございます」

「良かった。伝わって」

「それはもちろん伝わります。だって国立くんの言葉ですから」

ニコリと笑う顔に暗い色は見えない。

「ちなみに、先生に直談判《じかだんぱん》しにいかないほうがよいですよね？」

「よいですね」

——

「そう仰ると思ってました。だからせめてものお礼に――」

東條さんは足元におろしていたバスケットを胸の位置まで掲げた。

「――お昼ご飯、作ってきました！　国立くんがよろしければ一緒に食べませんか？」

＊

「あー、お昼ご飯はおいしかったなあ」

サプライズで現れた東條さんによるサプライズの手作り弁当。簡単なサンドイッチだったけど可愛《かわい》いラッピングがされていたりと、なんだか本当に胸が温かくなった。

「おら、詭弁ボーイ。はやく引っ張れよ」

「はあ。カップラーメンしか食べない人には分からないよなあ」

「オレはお前にお湯かけてえよ」

現在我々は学園の外にいる。天気の良い日の作業ということで急遽《きゅうきょ》入った業務だ。

小枝葉先生の運転する小さな車に揺られて数十分。私有地と思われる林に入り、今では小高い丘――いや、山と表現してもよい広大な場所のマッピングを行っていた。

「よし。つぎはそっちに歩け」

「なんなんですか、この作業。アナログすぎるでしょう？　他に方法は無いんですか」

「うるせーな、こういう方法でやってきたんだよ、俺は。めんどくさがらずに歩けよ」

「小枝葉先生が歩いたほうが早いですよ、そこだと」

「あ、まじだ。じゃあオレが歩くか……うわ、この道めんどくせえ」

「この教師……」

　こんな感じですでに一時間。一定の長さの紐《ひも》を使って、正方形の地図を埋めていく。それも大きな木は〈◯〉とか、小さな木は〈◦〉とか。崖や川などは棒や線で表すなど、今の時代にしてはあまりにも雑すぎる地図。まるでローグ・ライク・ゲームをしているようだ。

「よし。次は右辺な」

「これ、まさか四辺やるんですか」

「中はオレ一人でやるから黙ってついてこい」

「うへえ……」

　学園に戻ってきたころ、すでに夜となっていた。ちなみに夕食は、小枝葉先生から満面の笑みで手渡されたカップラーメンだった。ああ。昼飯が懐かしい。

＊

翌日、中断していた花壇のボランティアをしていると、東條さんが再び現れた。その手には見覚えのあるバスケットと、やはり見覚えのあるノート。

「国立くんとの〈交換ノート勉強会〉は続いてますよね？」

「そりゃもちろん。男子寮は難しいけど、ノート交換なら問題ない」

ということで、俺達は机を介した交換に加え、直接会ってノートを交換するという新技を覚えた。ノートを手渡されるだけだというのに、なんだかちょっとドキドキする。

「はい、ダイリ。これはあたしから」

「恋が突然現れることにはもはや驚くまい。驚くとすれば、なんの迷いもなく夫婦用の墓のパンフレットを渡そうとしてくることだ」

「これは五十万だけど居心地わるそう。こっちのほうがいいとおもうから、金太に体験レビューを書いてもらうつもり」

「体験をした時点でレビューは書けないだろうが！」

「だいじょうぶ。肉を供えれば受肉する」

「お前の日本語はおかしい」

「恋さん！」

東條さんが恋の手を握る。

「ん」

「お久しぶりです！」

「まだ数日」

「そ、そうでした！」

きっと別れを決意していたので、二度と会えない人と会えたかのような感覚なのだろう。

東條さんの計らいで三人で昼食を食べ始めた。

「そうだ、恋。あの花壇を見てみろ。南恋と同類の卒業生がいるぞ。アキ・サクラさんだ」

「……？（てくてく）……見てきた。ダイリってたまにバカ」

「な、なんだと⁉」

「泥を払ってきたから見てくるといいよ」

「泥？」

手を洗いにいった恋とは逆の花壇へ。横に東條さんもついてきた。

「これ、コスモスって読むんですよね。この前勉強しました！」

「……なるほど」

〈寄贈　二年雪組　秋桜〉とあった看板の泥を払った結果、下から、

〈優勝者により寄贈　二年雪組　笹白子《ささしろこ》　秋桜《こすもす》〉という掠《かす》れた文字が現れていた。

「薄くなった字と汚れのせいで見えなかっただけか……それにしても」

優勝者ってなんだ……？

「ダイリ、続き食べよ」

手を洗い終えた恋が裾をついついと引っ張ってくる。

「ああ……そうだな」

優勝者——なにかがつながりそうな気がした。

＊

今日も今日とてボランティア。このボランティアは東條さんの為《ため》でもある。そう考えると、ずいぶんと前向きに仕事ができる。

「それに〈優勝者〉っていうヒントが手に入ったしな……」

あの言葉には想像以上の何かが詰まっている気がする。答えに一歩近づいた気もする。といっても、東條さんの問題解決の目途《めど》が立っているわけでもないため、手放しに喜ぶこともできない。

「加えて……よりによって今日のボランティアが〈第一保健室への物資運び〉とは……」

放課後、小枝葉先生から命を受け、やけに重たい段ボール箱を数箱台車に乗せて押すことになったのだが、渡す相手はあろうことかタバ姉だった。

「今あんまり会いたくないんだよなあ……」

東條さんの件をタバ姉が知らないわけがない。今のところ東條さんに実害はなさそうだが、どうなるかが分からないから怖い。

「失礼します……？」

「あら、大ちゃん。いらっしゃい」

お、やったぞ。タバ姉が上の空だ。この声のトーンのときは、作業に集中しているときだ。家にいるときもＦＰＳをやってるときはこんな感じなのだ。

来るたびに改造されている近未来型保健室の中で、タバ姉は近未来的なゴーグルをかけて、近未来風な作業をしていた。何を開発しているのだろうか？

「学園長からの備品を、小枝葉先生経由からの俺運びで持ってきたよ」

「あら、ずいぶんと早いのね。朝に頼んだのに。でも助かるわ——精密機械だから地べたはやめてね。そこの〈クッション付の台〉に置いてくださる？」

「おそらくそれはベッドという代物で、そのベッドは病人の為の物だろ……」

まあいい。余計な口を挟むとまた新しいエピソードがはじまってしまう。

俺はカーテンのかかっているベッドまで歩くと、勢いよく仕切りを引いた。

「zzz」

「……撫子《なでしこ》先輩が寝ている」

「え!?　どういうことですの!?」

ゴーグルを外したタバ姉が駆けてくると、ベッドの上に眠る撫子先輩を確認。すぐに襟をつかんで、がくがくと揺さぶり始めた。

「西園寺《さいおんじ》撫子！　わたくしが〈大ちゃん衣服破壊装置〉の開発に夢中になっている隙に忍び込むなんて！　なんたる悪行ですの！　起きなさい！」

「あ────う────あ────う────、ゆーれーるーれーろ────」

「タバ姉、ストップ！　撫子先輩の知能指数が下がってる！──ていうか、ちょっと待って。その聞き捨てならない発明品は、いつどんな風に使うつもりなの」

「……？　例えば大ちゃんが全校集会で皆の前に立ったとき──」

「やめて！　なんでそうやって傷をつけようとするの!?」

「あら。使う中で傷がつくほど物への愛着が増えるってものですわ」

「玄人《くろうと》志向すぎる！」

保健室の扉があいた。

「――あ！　やっぱり撫子ここかあ！　うわー国立せんせーい、撫子を許してあげてー！」

「っち。まあいいですわ。とにかくここは物資置き場です。早く退室するように！」

「物資置き場にするぐらいなら寝かせてあげてもいいんじゃ……」

「ダメです。世の中には一定の規則が必要なのですわ。想像してごらんなさい。ルール知らずのわたくしみたいな人間ばかりだったら、世の中大変だと思いませんこと？」

「確かに。最悪だ」

「大ちゃん少しお待ちになってね。通販で購入した〈簡単☆拷問キット〉の説明書を読みますわ。①十秒までなら命は落とさない。②仮に超えても、ワサビがあった場合――」

「誘導尋問だ！」

それとワサビの存在感。

「兎《と》にも角《かく》にもですわ。本当に辛《つら》くなったら使用を許可します。それ以外は使わせませんわ。一人を許したら、この学園の数千人の生徒を受け入れなければならないのですから」

「もちろん、わかってまーす！」

よっこいしょー、と林檎《りんご》先輩が眠そうな撫子先輩に肩を貸す。少しだけ心配そうだ。

「どうしようかなあ……うさ次郎が居なくなってから、年々、撫子の睡眠の質が下がってる気がするよう。ただでさえロングスリーパーだったのにさあ。大丈夫かなあ」

「林檎先輩……」

当の本人は気持ちよさそうに肩にもたれかかって寝言を呟《つぶや》いている。

「ｚｚｚ……うさ次郎……ぐぅ……あんまん……」

お腹《なか》が空《す》いているのだろうか。

「ｚｚｚ……ピザまん……」

中華まんが好きなのか？

「……カリーショップ……ｚｚｚ」

「なんで？　なんでカレーは店ごと欲しいの？」

「はー、死活問題だあ。タッチン、本当にバイトやらない？　抱き枕、一時間・千円」

「さすがにそんなこと──って、あぶねえ！　タバ姉！　ハサミはやばいでしょ!?　しかも今心臓の位置だよね!?」

「ファッキンですわ。女に浮かれるだけのコンチキショウ大ちゃんなんて、十七分割です。そして操り人形に改造して、縫合しなおしてやりますわ」

マッドサイエンティスト！

「あははー。まーあ、無理だよねえー。じゃあ、われわれは安眠の場を探しにいくよ

「……」

おじゃましましたあ、と消えていく先輩方の背中を見ながら、俺はぽつりとつぶやいた。

「千円って俺が払うわけじゃないよな……？　冷静に考えて、かなりおいしいバイトだろ」

「……もしもし？　聞こえてる？　ええ、そう。じゃあメールで送った通り、人一人の血液を処理できる――」

「――ボランティアいってきまーす！」

初めてボランティアに感謝をした一日だった。

＊

今の俺のミッションは〈優勝者〉に関する情報を集めることだ。男子寮改善は後でもできる。けれど、東條さんとの挑戦は今しかできない。

そこで俺は数日間、無我夢中に学園内を走り回り調査を繰り返した。

結果、新たな痕跡をいくつか見つけた。それらにはある一定のルールが働いていた。

「やっぱりコレもそうだったか……。設置理由が不明だと大抵そうだな」

俺は銅像の裏側の刻印を見ていた。〈優勝者　力丸轟《りきまるごう》の希望により制作・設置〉とある。

「これも優勝者と記載がある」

何に対する優勝かは不明だが、どうもこの学園にはこういった文言が多いのだ。

ここ数日の間、俺はこの〈優勝者〉という文言を探し続けてきた。事の発端は例の〈不自然に多いトイレ〉を調査していた時のことだ。不自然に多い西側のものにだけ〈優勝者猪界泰三《いかいたいぞう》希望により増設〉と記載があった。何かひっかかりを覚えた俺は、それから学園内を調べまくった。そして今日もこの銅像を見つけたというわけだ。

「それにしても、一体なんの優勝賞品なんだろうか」

調べても調べても、正式な記録には〈なんでも叶《かな》う制度〉なんて記述は見つからない。ならば正式でない記録のはずだが、旧資料室の記録だけではいまいち分からない。

賢者は勉学の。拳聖は運動部の。そして導師は文化部の――それぞれの願いを叶える勇者制度だが、はたして〈トイレ〉はどの称号で貰《もら》えるものだというのか。

「まったく分からん。この文字も、制度も……姫八学園の文化も」

普段ならそこで終わる考えだが、東條さんの件もあってか、頭の中で色々なピースが巡っては消えていく。つながりそうで、つながらない。そんなもどかしさがある。

「——お兄様！」

「ん？」

聞きなれた声に振り返ると、双葉《ふたば》ちゃんが荷物を抱えて立っていた。

少女の名は国立双葉。俺とタバ姉にとっての妹である。

一見すると普通の中学生に見えるだろうが、一筋縄ではいかないのが双葉ちゃんの恐ろしいところである。

「お兄様！　お着替えをお持ちしました！」

「あ、うん。双葉ちゃん、久しぶり」

「はい！　あの、まずは拝んでもよろしいでしょうか？」

「いや、まずもなにも拝まなくていいから」

「では神であるお兄様に我が身を捧《ささ》げます……」

「捧げなくていい。自分を大事にして」

「では、お兄様が家に戻ってくるまでのＰＣ管理はお任せください。ＡＭＡＺＯＮでさりげなくエッチな商品がオススメされるように、適切なエロ商品リンクを踏んでおきます」

「俺がそういう管理をしてきたような言い方はやめて⁉」

この妹。率直に言って、洗脳されている。

「でも……神様のために日々行動しなくては……」

「あのね、双葉ちゃん。ここらで一度落ち着こう。恋の奴に小さいころから言われてきたのは分かる。〈ヒーロー〉だとか〈救世主〉だとか〈救いの神〉だとかね。でも俺はただの高校生で、双葉ちゃんが思っているような高次の存在じゃないんだよ。分かる？」

「はい、神様。双葉はとてもよく分かっています」

「分かってねえなあ！（涙）」

この妹は、昔から恋のあとをついて歩くような少女で、ことあるごとに南家に遊びに行っていた。恋も妹のように可愛《かわい》がっていた――ように見えたが、実際は俺に対する思いを24時間365日ノンストップで語り続けていた。結果、目の中がぐるぐると回り始めた双葉ちゃんは、恋によって美化された俺を神様とあがめ始め、今でもそれは続いている。

「双葉ちゃん。よく聞いてくれ」

「はい、神様。双葉は耳の穴かっぽじってよく聞きます」

「俺は尊敬されるべき存在じゃない」

「ではどのような存在だと仰《おつしや》るのですか」

双葉ちゃんの説得において、保守的思考など言語道断。包み隠さずに、全てをカミングアウトだ。

「そうだね……俺はただの変態だ」

「変態……？」

「そう、変態」

「変態……の神様」

「悪化しちゃった！」

もういいや！　説得は来月に持ち越しだ！

こんなことをもう何年つづけているのか……俺の監視がなくなった分、恋の〈ダイリ物語〉がどんどん双葉ちゃんに注入されていく。本当にそろそろ恋を黙らせないといけない。

「で、双葉ちゃん。着替え持ってきてくれたんでしょ？」

双葉ちゃんは姫八学園中等部の生徒だ。俺よりも姫八生徒としての経歴が長いのだが、この学園の特色として、中学はいたって普通の私立である。敷地も分離しているため、双葉ちゃんも男子寮のことは知らなかったようだ。

「はい！　神聖なる神の御召し物《おめもの》をお持ちしました！」

「普通の服、そして兄──はい言い直して。神の命令です」

「はい！　普通の服をお持ちいたしました！　お兄様！」

「あれ？　この服頼んだっけ？　って、頼んだ服がないね」

「はい。あれは少し汚れておりましたので、双葉のほうで処理しておきました。新しい服はその代わりに購入したものです」

「あ、そうなんだ。ありがとね双葉ちゃん。でもあの服、使い勝手が良いから持ってきて欲しいんだよね。まだ捨ててない？」

「……!? も、申し訳ありません——!!　兄神様、この通りですお許しを——!!」

「ひれふさなくていいから！　怒ってないから！」

人の目が痛い。

「お兄様のお洋服は星《せい》さんにお渡ししました」

南星。恋の母親だ。

「星さんに？　そりゃまたなんで？」

「お兄様はご存知《ぞんじ》ないかもしれませんが、定期的にお兄様の服は双葉が責任をもって新調しているのです。そして古くなったお洋服は、星さんにお渡ししております。星さんは裁縫がお好きなので、布に飢えておられるのです。お洋服を使って色々なものを作られているようですね」

「へえ？」

「たとえばTシャツは雑巾に」

「ポピュラーだね」

「Yシャツはキッチンクロスに」

「へえ。でも確かに素材はよさそうだ」

「トレーナーはぬいぐるみに」

「……ぬいぐるみ？」

あれ、なんか今、重要なヒントが——。

「おパンツは、恋さんの枕カバーに」

「ちょっと待って⁉」

何考えてたか忘れるくらいに、衝撃の事実だよ！

「俺のパンツが恋の枕カバーになってんのか⁉　あの家庭の頭は大丈夫なのか⁉」

「よく眠れるそうです」

「俺が眠れなくなるわ！」

きりがないので、双葉ちゃんには帰ってもらった。自宅にいた時はこれがほぼ毎日だったのだ。入寮してよかったことの一つである。

それにしても。

「俺の服で作った、ぬいぐるみか……」

「──国立くん」

「あ、東條さん。奇遇だね、こんなところで」

双葉と入れ替わるようにして、東條さんが現れた。待ち合わせはしていない。

「はい。今日は偶然です。通りかかったら、偶然、国立くんがいらっしゃいました」

「学園内とはいえ広いから、偶然っていうのも、なかなか確率が低いよね」

「……今、お話ししていた女性の方はどなたなんですか？」

「ん？」

なんだか東條さんの眉が若干しかめられている。具合でも悪いのだろうか。いや、待てよ。ま、まさか……神様のくだりを聞かれた!?

「ああ、いや、あれはただの妹なんだよ。普通の妹なんだけどね。すごい普通。たまーにごっこ遊びをするぐらい普通の妹かな。神様ごっこなんだけどね、うん」

「え!?　あ！　妹さんでしたか！」

手を合わせて、急に喜び始める東條さん。なんだか忙しそうだ。

「国立くんは、ここでボランティアですか？」

「そうだよ。今日はこの銅像の……あ、そうだ。東條さん、もしかすると、なにかしらのヒントを手に入れたかもしれない」

「ヒント、ですか？」

「うん。まだ最終的な判断はできないんだけど、この銅像の裏に――」

――ピコピコピコピコ！

――ヴーヴーヴー!!

――メールです。メールです。

――がっくえんちょう♪　がくえんちょう♪

「わっ！　び、びっくりしました！」

突然、着信音が学園内に鳴り響いた。学生に配布されている端末型生徒手帳への連絡だろう。それぞれの設定した着信音が鳴るのだが、一斉メールの場合、生徒全員の端末が鳴動するので心臓に悪い。あと最後の着信音の奴、ちょっとこっちに来い。病院を探すから。

「なにかあったんでしょうか？」

「どうだろう。前は防災訓練のメーリングだったし、今回も――って、なんだこれ」

端末を開くと突然、立体映像が流れ始めた。各所でも同じような音が鳴り始める。

〈すばらしい学園生活！
すばらしい学園長！
すばらしい青春の日々！
姫八学園は関係者全員で作り上げる物語から成り立っています！
さあ、今回はどのようなストーリーが生まれるのでしょうか。
これこそが真の勇者制度！　授与される称号〈勇者〉は誰の手に渡るのか!?
学園長・千日瓦白州《せんじつがわらはくしゅう》のわくわく成分補充のため、今回の大会名は〈シラス杯〉！
満を持して開催決定です！〉
端末に咲き誇る花火の数々。
直にエフェクトが収まると、その裏からテキストデータが浮かび上がってきた。
「シラス杯……？　いや、それよりも〈真の勇者制度〉ってまさか……」
テキストに目を通す。

○開催日時――五月下旬
○開催種目――現地説明
○開催場所――当日発表。送迎完備（出店機材は現地にて配布）
○参加条件――1年から3年までの高等部生徒・学年混合チーム可（チーム名は任意）
――2人以上5人以下のチーム制・1人申請不可
○参加方法――イベントページにリーダーがエントリー後、チームメイトを登録
○服装規定――動きやすい服装。汚れてもいい服装。破れてもいい服装
○優勝賞品――最終結果時に発表
――チームリーダーへの称号授与〈勇者〉
――チームメンバーへの称号授与〈勇者の仲間〉

教育機関とは思えないほど、娯楽性の高い内容。まるで何かのゲーム大会のようだ。

「ゲーム大会……そうか、つまりこれが……」

学園内に散らばっていたピースが次々と組み合わさっていく。〈優勝賞品〉という四文字。学園長のきまぐれ。〈勇者〉が不在の勇者制度。そして〈真の〉勇者制度。

間違いない。

これが。これこそが——。

「国立くん……？」

「東條さん！　これだ！　これだったんだ！」

「え？　え？」

「これで勝てば、東條さんの学費もなんとかなるかもしれない！」

「え⁉　え⁉」

目を白黒させている東條さんには悪いが、俺はとにかく興奮していた。散々考えていたが見つからなかった回答。それがあっけなく手中に転がり込んできた。

「よっしゃああ！　運気向いてきたあああ！」

「おい！　うるせえな！　ちゃんと働いてんのか！」

様子を見に来た三十代美術教師（先日香水を買ったがまだ手渡せていない）の言葉も、今の俺には念仏にしかならなかった。

EP7 人生にスタートの合図はない

休日。男子寮内、自室にて——。

俺は猪助《いすけ》・金太《きんた》・写模《しゃも》・恋《れん》・そして東條《とうじょう》さんと視線を巡らせた。

いつもはスカスカの室内が、こうして人で一杯になるのはGW《ゴールデンウイーク》勉強会以来。少しだけあの数日間が懐かしくなった……っと、いけないいけない。感傷に浸る前にすべき事がある。

すべき事——それは〈真の勇者制度〉及び〈シラス杯〉に関する俺の結論発表だ。

「みんな、今日は集まってくれてありがとう」

俺が頭を下げると、きょろきょろとしていた東條さんが心配そうに口を開いた。

「あの……私が男子寮に入っても大丈夫なんでしょうか？」

その疑問はごもっともだったが、今回ばかりは理由がある。その作戦会議でもあるのだ。

俺は東條さんの気持ちを落ち着かせるように、しっかりと頷《うなず》いてみせた。

「大丈夫、理由はあるから。それにルール上仕方のないことだと思うから、安心して」

「ルール……ですか？」

頭にはてなマークが浮かんでいるのは東條さんだけ。しかし恋にも話はしていないことだから、理解はしていないだろう。あらかじめ作戦を話したのはルームメイトのみだ。

「まずはこれを見てほしいんだ」

俺は主に東條さんと恋に向けて、手の中の端末を見せた。そこにはシラス杯のテキストデータが立体表示されている。

東條さんが立体表示の先に薄く見えるだろう俺の顔を見た。

「これ、この前の……シラス杯というものの案内ですよね……？」

「そう。対象者全員に一斉送信された通知だね。そこでなんだけど――」

俺は部屋の隅に控えていた写模に顔を向けた。

「写模、調査報告いいか？」

「御意でござる」

壁穴の先の寮室にて、写模が手帳を開いた。

「学園内各所にて優勝者特典（仮称）を確認。ならびに一部の上級生より裏付け証言有。旧資料室内の記録と各特典の年度は一致。故に国立《くにたち》の予想は高確率で是でござる」

「あの、つまりどういう……」

「この学園には生徒の自主性を高めるという名目で様々な制度や催事があるんだ」

「はい。私の学生メイドもその一環かと」

「あとは〈勇者制度〉もそうだね。年に一度、各分野の優秀者を選出して、さまざまな特典を与えるんだ。例えば運動ならトレーニングマシン購入とか、学業なら学費免除とかね」

東條さんの事情はあらかじめ皆に話すことを許してもらっていた。もちろん問題解決に必要であることは伝えている。

「学費免除……でも」

「そう。一年単位の表彰だから、実力などの条件を度外視しても、そもそも間に合わない」

「ダイリ。結論は？」

「まあ、まてよ恋、そう早まるな」

「でも結婚式場の下見があるから」

「絶対に早まるなよ⁉」

「えーと、つまりさ。国立くんの昨日の話だと、この〈でんしめえる〉の内容にある、優勝賞品――これで学費を免除できるんじゃないかって話だったよね」

猪助は文明の利器に対しての耐性がなく、この前も『メールを送る瞬間って、どこからビームがでてるの？』というハイレベルな質問をされた。

「そうだな。写模の報告の通り、何かしらの特典付き大会の痕跡があったってこと。そしてそれを裏付ける大会が開催されるってこと——この二つから推測した結論だ」

金太が首を傾《かし》げた。

「でもよお、大理《だいり》。このメールのどこにも、そういうことは書いてないじゃんか」

「だから旧史料室のデータと優勝者特典設置日の記録を照らし合わせたんだ。〈勇者制度〉の棚にあって、なお何かしらの特典が与えられてるんだから、今回もその可能性は高い」

「うーん？　でもそんなこと書いてないよなあ？」

「まあその話はいいさ。とにかくこの大会に出よう。東條さんも参加してもらいたいんだ」

「え？　まさか……わたしと皆さんとで、ですか？」

恋がいち早く反応した。

「何か気になるの？」

「あ、いえ、そんな……ただ私の学費のために……」

口ごもる東條さんの背を押すように、寮生三人が各々に肯定した。

「利害一致。万事問題無しでござる」

「うんうん。なんだか楽しそうだしね」

「そうだぜ！　オレも肉が欲しいからな！」

「そういうこと。俺らだって男子寮改修っていう希望もあるんだ。東條さんは東條さんが心から望むことのために参加すればいいんだよ」

東條さんは恋だけを見た。

「恋さんもですか……？」

「あたしは大理についていくだけ。それがわたしの願いだから」

東條さんは胸の前で手を合わせると、祈りのポーズのまま固まった。

「……分かりました。わたしはわたしの願いの為《ため》に参加することを誓います」

一同は視線を交わし、しかし言葉を交わすまでもなく同意の頷きが生まれた。

「よし。じゃあエントリーをはじめよう」

＊

ボランティアに勤《いそ》しみながら、これまでの流れを再確認していく。

「チームは五人。リーダーは俺。メンバーは恋、金太、猪助、東條さん。チーム名は……結局決まらなくて空白だったけど、まあいいだろ」

ちなみに写模はDVDチームに加わることになった。もちろん写模の目的は写真なので、要所要所でこちらの支援も可能となっている。

「競技種目は当日発表……でも参加要項の〈服装〉が気になる。〈破れてもいい服装〉って、どこかで聞いたような……」

突然、首筋を撫《な》でられたようなザワリとした感覚が身を襲った。

「……っ!?」

「おやおやあ！　タッチンじゃないか！　よく会うねえ！」

「え？　ああ――林檎《りんご》先輩」

ヘビでもやってきたのかと思ったが、林檎先輩が一人でニコニコしているだけだった。

「あれ、撫子《なでしこ》先輩はいないんですか？」

「ワタシたちだって、いっつも二人でいるわけじゃないんだよおー？」

「まあ、そうでしょうけど……白雪コンビって呼ばれてるみたいですし」

「ああー。それねえ」

林檎先輩は全く辛《つら》くなさそうに「つらいハナシなんだよお」と続けた。

「それじゃ一個もんだーい――〈白雪姫〉は何を食べた結果、眠りにつくでしょーか！」

白雪姫。〈グリム童話〉の中でも有名な話の一つ。こんなに簡単な問題もない。

「リンゴですよね？」

「ぶっぶー！　半分はせいかーい！」

「え？　半分？　リンゴの半分——って、ああ〈毒〉リンゴってことですか？」

「全部せいかーい！　つまりリンゴちゃんは、毒リンゴちゃんってことなんだよお」

「〈毒リンゴ〉ですか」

はて……こんなに天真爛漫《てんしんらんまん》な先輩のあだ名にしては少し違和感がある。

「おやあ。なんでそんなあだ名なんだろう？　って顔してるねえ、タッチーン」

「はあ、まあ」

「それはね。〈社交界〉で、ひっきりなしに撫子へ言い寄ってくる男どもを撃退するために、しかたなーく発言している毒舌トークが由来なのでーす！　いえーい！」

林檎先輩の毒舌トークか……いや、それよりも気になることがある。

「シャコウカイ……」

それは高貴な家柄や稀有《けう》な存在だけが出席を許される、あの〈社交界〉のことだろうか。

許されたとしてもタバ姉が絶対に行ってはいけない、あの〈社交界〉のことだろうか。

まさか先輩達って……。

「林檎先輩。つかぬ事をお伺いしますが、ご自宅のリビングは何畳ほどの広さですか」

「ん――？　リビングの広さあ？　えー――とねえ――――？」

思考を続ける林檎先輩の体が〈？〉へと近づいていく。背骨が折れる前に答えは出た。

「〈教室〉よりは広いかな！」

「比較対象!?」

しかしこれで確定した。先輩達は本物のお嬢様であり、シャコウカイは社交界なのだ。

「いや、そうなるとちょっと待てよ……」

社交界参加者相手に、俺はいままで何をしてきた……？　胸、胸……あと胸か。

うん。怖い大人が来る前に、タバ姉に自衛グッズを発明してもらおう。

「まあまあ、タッチン！　そう固くならないでよー。別に林檎ちゃんたちがすごいわけじゃないんだよー。林檎ちゃんたちは、ただのＪＫだってばあ！」

「ま、まあそうですけど」

しかし、雲の上の世界でなお〈毒リンゴ〉扱いとは、林檎先輩って一体……。

「ま、そーいうわけだからさあ！　白雪コンビなのでーす。ぶいぶーい」

「あれ……？　でも、俺には毒舌攻撃がないですよね？　撫子先輩に近づいてるのに」

狙ってるわけじゃないから、敵視されてないのかな。

「それはもちろんだよお」

「もちろん……？」

「だってえ」

突然のことだった。林檎先輩の、いつもヘラヘラしている顔が、まるで別人のようにひきしまり、数歳は上の妖艶な美女へと変貌した。ウサギどころか、ハンターのように流麗な仕草で俺の胸元をつかんで、自分の顔へぐっと近づけると――耳元でささやいた。

「あたし、君のこと気に入っちゃったんだよね。だから君だけは――ト・ク・ベ・ツ♡」

「……えっ⁉」

「ぷ……ぷぷぷー」

林檎先輩のキリっとした顔が笑顔で崩れていく。

「なーんちゃって、なんちゃって！　タッチン、おもしろーい。さすが撫子の夜の王子様！」

「な、なんだ冗談ですか」

心臓が痛いよ、もう……。

「――ああー、林檎ずるいよ――！　うさ次郎――！」

どこからか声がしたと思ったら、すぐに背後が柔らかくなった。この安定感。間違いなく例の人だ。社交界の人だ！

「撫子先輩、ちょっと！　離れてください！　黒服が来ちゃう！」

自然と体が硬直してしまいうまく振りほどけない。あと弾力が凄《すご》いので、元に戻される。

「……？　うさ次郎、とっても固いね……？」

「表現力が機能していない！」

林檎先輩が平常通りの動きで撫子先輩を引っぺがすと、その話は自然と出てきた。

「あははー。それはそうと、タッチン！　君たち、五人チームで出るみたいだね！」

「ああ。シラス杯ですね」

「エントリーチームは見れるからねえ！　でも、失敗じゃない？」

「失敗……？　正体を隠すためにギリギリまで登録を待てばよかったとか？」

それとも金太がゴリラの生まれ変わりだとバレたのだろうか。

「だってさあ二人からエントリー可能なんだよ。二人より五人のほうが有利なゲーム性にはしないよねえ？　それなら、二人のときでも五人のときと同じにしないとねえ」

「……？　……、……、……あ、レシオ制か」

レシオ制というのは、いわばポイント割り振り制だ。例えば総HPが5の場合、五人チームは一人1Pとなるが、二人の場合は2Pと3P、又は1Pと4Pなど選択に幅が出る。

「せめて四人が良かったんじゃないかなあー？」

確かにその通りかもしれない。舞い上がって、皆で協力することばかり考えてしまった。

俺の心境に気が付いたのか、林檎先輩が提案してきた。

「じゃあさあ！　タッチンはこっちのチームにきなよ！　そしたら元のチームも四人になるしちょうどいいじゃーん！」

「こっち？」

「林檎ちゃんと撫子チーム！　優勝賞品は不明だけど、悪いようにはしないよーう？」

「……っ」

邪《よこしま》なピースが混入した脳が、答えを求めて動き始めた——が、すぐにブレーキをかける。

これは〈そういうこと〉ではない。それを忘れてはならない。

「すみません、先輩。とある事情から、俺は〈俺たちのチーム〉で勝たないと意味がないんです。お話は大変ありがたいですけど……遠慮させていただきます」

勘違いをしてはならない。効率よりも、もちろん勝利は望むが、まず求められているのは〈東條さんと一緒に勝利すること〉だ。気持ちを大事にしなければならない。

「ふーん。そっかあ！　じゃあ話はこれでおっわりー。撫子、そろそろいこーかあ！」

含みのある言い方だが、その先は無かった。

「んー——！　んー————！　うさ次郎〜〜〜！」

毎度のように繰り返される退出劇を見ながら、俺はあらためて先輩達の底の深さを知ったのだった。

「俺の周りって猛者揃《ぞろ》いだな……それにしても」

まさかとは思うけど、林檎先輩、俺を勧誘するのが目的だった訳じゃないよな……？

「まさかな」

呟《つぶや》きと入れ替わるように、小枝葉《さえば》先生が様子を見に来た。

「ったく、お前、またさぼってんのかよ。いい加減、おじさん、傷つくぞ」

「あ、よかった。凡人も居たんだった」

「なんか知らんが、すげえムカつくぞ」

ボランティア終了間近――シラス杯まであと十数日。

＊

〈それ〉に気が付いたのはシラス杯まであと数日という日のことだった。

例えばそれは、以前調査した山の保全ボランティアにふたたび駆り出されたときのこと。

「じゃあこの前計測した地図データを送信してやっから、そこにチェックされた場所へコイツを貼《は》っていけ」

「これ、なんですか？」

「ドローン用の装置だな。お前の天才ねーちゃんが作ったらしいけどな。障害物回避の精度をかなり上げるらしいぜ。まじですげーよな、お前のねーちゃん」

「そうですか」

俺はただの丸いシールにしか見えない物体を触ってみる。

たしかにタバ姉の発明品は凄い。説明が無ければ用途も分からないような物ばかりだ。

「なあ、おっさんの称賛聞いてる？　なかなか褒めないオレが手放しで褒めてんだぞ」

「そうですか」

「聞いてないだろ、お前」

そういえばシラス杯において、順守すべきルールは存在するのだろうか。当日発表にしろ、当日まではルールを知らないわけだから、違反にも気が付けないよな。詭弁《きべん》だけど。

「聞いてないなら、聖留《せいる》先生関連の愚痴を言うからな？　するぞ？　誰にもできねーから、溜《た》まってんだよ」

「そうですか」

それにしてもドローンか……。

「香水まだ渡せないんだけど――」

「――え？　チキンハートじゃないですか」

「ふざけんな、聴覚◎じゃねえか。教師を無視するとか、お前の心臓どうなってんだよ」

その日のボランティアは、ドローン用シールを一定間隔で木に貼り付けるという作業に終始した。

地図を頼りに一定間隔にシールを貼っていく。小さな崖や、水びたしの泥沼（こんなものあったか？）の周囲にも貼っていく。まるで今からここで何かが始まるみたいだ。

「よーし。今日はここまででいいぜ。あとはオレがやる」

おりしもボランティア最終日。小枝葉先生はこんなことを言って消えた。

「あーあ、これで子守りも終わりだぜ。まじで二度とくんなよ……。っても、人手が欲しい時期にポカしてくれて、それはそれで助かったけどな」


例えばそれは、保健室へ荷物を引き取りにこいと命じられたときのこと。

保健室内に乱暴に積まれた段ボールの中で、それでもお姫様然とした姿のタバ姉が優雅に席に座っている。

「じゃあ大ちゃん、この段ボール群を学園長室へ運んでくださる？」

「タバ姉、俺、この前でボランティア期間終わったんだけど」

「あら。そうですの？　てっきりこの前の延長だと思って、呼びつけてしまいましたわ」

「今度からは電話使ってね。校内放送の使い方間違えてるからね」

思い出したくないので、思い出さない。しばらくは変なあだ名で呼ばれそうだ。

「でもいいですわよね。お姉ちゃんへのボランティアは命尽きるまでですから」

「はい、それでいいです」

反論しても勝てないから、さっさと終えて帰ろう。しかし一つだけ看過できない光景が。

「ちょっとタバ姉。まさかこれで完了じゃないよね？　箱は開いてるし、何か飛び出してるし。これじゃあ箱を積めないよ」

「あら。お姉ちゃんの収納に文句があって？　女子に文句は言えない癖に、お姉ちゃんには文句を言うの？」

「文句しかでない収納もなかなか見ないけどね」

「OKクーグル。弟が自我をなくす方法」

「そんな世界基準はねえからな⁉」

『検索結果0件です』

当たり前だ。

『3件のおすすめ検索があります』

「ＯＫクーグル、全部破棄だ！」

「あら、残念」

もういいや。せめて蓋がしまるように適当に整理してしまおう。

段ボールを開くと、見慣れぬ物がたくさん入っていた。目につくのはカラフルな色の拳銃だ。形は回転式。リボルバータイプというやつだろう。

手に持ってみると、それなりの重さがあった。実銃はずいぶん重いようだから——いや、でも最近は３Ｄプリンターで拳銃を作れる時代だよな。耐久性無視なら軽量化できる。

これ……おもちゃ、だよな？

「タバ姉。まさかとは思うけど」

「……？　どうしましたの？」

「いや、これ……銃に見えるけど。さすがにあれだよね？」

「大ちゃん。いくらわたくしでも一線は越えませんわ」

「だよね。疑ってごめん」

「セーフティロックは付けました」

「そういう心配じゃないからな!?」

「試し撃ちの件ですの？」

「新しい心配が生まれちゃった！」

「妄想の中の大ちゃんにしか試していませんわ」

俺が被害者だった。

「言われてみれば失念ですわ。確かに現実での試験を忘れていました……元気な大ちゃんを見た時に気が付くべきでしたわ」

「妄想の中の俺って生きてるの？　ねえ」

「裸で泣いてますけれど、息はしています」

「屈せずに生きて！　妄想の俺がんばって！」

さて、それはそうとこの拳銃はなんだというのか。

国立家の威信のために俺ははっきりとさせなければならない。

「タバ姉、質問いいかな」

他の段ボールを覗《のぞ》きながら口を開く。全く使い道の分からないU字の機器が何個も入っている。あとはバッテリーみたいなものや――あれ、この丸いシール……？

「大ちゃん、質問は挙手をすることですわ。これは世界基準でしょう？」

「え、まあ確かに……じゃあはい、質問です」

「よろしいですわ――ではそこの、干してあるお姉ちゃんの下着を見て興奮してそうな男子高校生」

「……、……」

視線を下げて、無視。ここで答えたらALL肯定じゃないか。

「……？　そこの、お姉ちゃんの枕の匂いをかがないと安眠できなそうな男子高校生」

「……、……」

「……⁇　そこの、隠しきれてないエロ画像フォルダのロック解除パスワードが恋――」

「はいはいはいはい!!」

その先は許さん！

「大ちゃん、保健室で騒いじゃだめよ？」

どの口が言うのかは知らないが、とにかく答えてもらって、はやく退室せねば。

「率直に聞くけど、この銃と装置ってなに？」

「ナニ、という言葉の定義がわかりませんわ。以下のどれですの？
①　使用用途はなにか？
②　性能はなにか？
③　ナニっていったらアレ。つまり？
さあどうぞ、三択ですわ」

「二択だよね？」

「②か、③か、ですわね？」

「①か②だよ！」

「そうですの？　うーん、そうしますとお姉ちゃん困ります」

「なんで？」

「①は学園長から口留めされていますの。きつーくね。特に弟には口外しないようにって」

どこまでが本気か分からないが、答える気はないようだ。

「なら②でいいから教えてよ」

「そうですわね。それなら実際に見てもらったほうが早いですわ」

「え？　やだよ、俺はやだよ」

「まあまあ、落ち着いて。童貞が消えるわけじゃないんですから」

「そんな焦りはない！」

「――さて、大ちゃんの勢いだけのツッコミ中に、準備ができましたわ。さあ、その銃でわたくしを撃ってみなさいな」

「え？　俺が撃っていいの？」

てっきり俺が撃たれるのかと思って、情けない反応をしてしまった。

タバ姉はいつの間にか、U字の機械を首に装着していた。どんな原理なのか、U字はC字へと変化し、タバ姉の首にぴったりくっついている。

「どんとこいですわ」

「えっと、どこを狙えばいいのかな？」

「そんなことを乙女に言わせるんですの？」

「乙女はそんな大胆な〈大の字ポーズ〉で着弾を待たないよ」

「まあ♡　大ちゃんが見やすいように、こうして大きく手を開いてあげているというのに」

見やすいってなんだ……？

「……で、どこを狙えばいいの？」

「それは大ちゃんが、興味のあるト・コ・ロ♡」

嫌な予感がしてきた。無難に足を狙っておこう。撃鉄は引かなくていいようなので、そのままトリガーを引いた。

カチッ――バシューンッ！　タバ姉の服が全てはじけ飛んだ。

「いや～ん／／／　大ちゃんのエッチですわ～♡」

「足狙ったんだけど!?」

保健室に紙吹雪ならぬ、衣服吹雪が舞う。

「大ちゃんの中に隠れていたお姉ちゃんに対する性的欲求が、心的なバレットとなって、わたくしの服を破ったのでしょうね」

「天才だからって中二病的説明をする博士の役目が許されるわけじゃないからね」

「そこはほら、視聴者サービスですわ」

「俺以外に居ないよね、視聴者」

「そうとも限りませんわ」

……ん？

「どういうこと？」

「まあまあ、落ち着きなさいな。今のはちょっとした実験ですから。本来なら撃った箇所だけが破けます。ちなみに、ほら」

タバ姉は隠していた手をどかした。すると、全身が破れてはいるが、全てが壊滅的に破損しているわけではない。胸の位置や腰の位置などは芸術的に隠れており、見えそうで見えない図式ができている。まるで深夜アニメの例の謎光線みたいだった。

「これこそお姉ちゃんの発明品№一〇八〇『深夜アニメの例の謎光線銃』ですわ」

「まさかの⁉」

そしてネーミングセンス。

「さて」

タバ姉が手首につけた時計を何回か押すと、ボロボロだった服が新品の服へと入れ替わった。この辺りの仕組みについては理解できる回答が返ってこないので見ないふりをする。

「さて……時間も時間ですし、学園長に納入してくださる？」

お前が言うな！　という叫びをぐっと我慢しながら、俺は学園長室へ足を運んだ。

そうして、最後の気付き——それは、学園長室に光線銃を納入したときのこと。

「ごくろう、ごくろう。それはそっちの部屋に積んどいてくれ」

「はい、分かりました」

いつだって学園長に反感を抱いているわけではない。今はただ単に作業をする人間として、学園長に従う。

無事に作業も終わるといったところで、学園長から声を掛けられた。

「ふむ？　そういえばおぬし、二週間ボランティアは終了したのではないか？」

「ええ。なので、これは本当のボランティアってやつです。姉弟《きょうだい》の」

「なるほどのう。良きかな、良きかな」

ふと。それは直感というには、いささか突然すぎるほどにふっと——質問が口をついた。

「ボランティアといえば、シラス杯の準備はいつも小枝葉先生だけでしてるんですか？

今回は俺が居て助かったって喜んでましたけど」

「ほほ、そうかの。ま、小枝葉にはいつも手間をかけさせておるし、今回はええじゃろ。お主の姉君にも協力してもらっているおかげで、いつもより楽しくなりそうじゃしの」

「そうですか、それは弟として誇らしいですね」

「ふぉっふぉっふぉ。ではご苦労じゃった」

「はい、では失礼します」

俺は学園長の悠然とした笑い声を背にしながら、退室——そして確信を得た。

今回のシラス杯。舞台は間違いなくあの森林地帯。そして小道具は服が〈破ける〉銃。

二人から五人まで参加可能なゲーム性のある銃を使用する競技。

これらが導き出す答えは、おのずと絞られる。

「ボランティアも無駄ではなかったってことか……」

あくまで偶然だとは思うが、まさか小枝葉先生が意図的にってことはないよな……？

答えの出ないままに、俺は次の計画を立て始めた。

EP8 決戦前夜

明日はシラス杯。ということもあってか学園内の雰囲気はどこか浮ついていた。

夜の帳《とばり》はおりるも夜学生徒の通学路には、十分な明かりが照っている。俺は限りある時間を活用する為《ため》に、東條《とうじょう》さんの通学に付き添いながら明日の確認をしていた。

「――それでは、ここで。国立《くにたち》くん、わざわざありがとうございました」

「こちらこそ通学のときにごめんね。これから授業なのにさ」

「いえ、とても楽しかったですから」

「それは良かった。でも東條さんも意外とこういうお祭り騒ぎが好きなんだね」

「え？……あ、楽しいっていうのは――いえ、そうですね。たしかに皆さんと一緒に進むっていうのは楽しいと思います」

「そうだね。もちろんこれからの為にも、優勝しないといけないけど……明日は協力して頑張ろう。もちろん自分の為にね」

「じゃあまた明日。寮まで恋《れん》が迎えに行くことになってるから」

寮へ戻ろうと背を向けると、教室へ向かうはずの東條さんから引き留められた。

「あの！　国立くん！」

「ん？　なにか忘れ物？」

「あの……わたし、本当に、国立くんには感謝しています」

「うん？」

改めて感謝されると、なんだか不思議だな。何かあったのだろうか。

東條さんは下唇をかんでいた。それから少し視線を下げ、しかし何かを決意したかのように勢いよく顔を上げた。

「あの、国立くん。あの時のことなんですけど……」

「あの時？」

どの時？

「私はあの時のこと、本当に感謝しているんです。あの……脱衣所で国立くんが、私を助けてくださったこと――」

「はい！」

「――申し訳ございませんでしたああああああ！」

国立大理《だいり》は瞬間土下座を習得した！　というか何故《なぜ》バレた⁉　あまりにも急だぞ⁉

「何も見ておりません！　記憶にもございません！」

「え？　え？」

「いや、神様は降臨されてたんだけど、それ以外は本当です。感謝の気持ちをお伝えしたかったただけなんです。責めようとしているわけではないんです。本当に！」

「あ、いえ！　責めようとしているわけではないんです。本当はもっと前からお伝えしたかったんですけど——あの時は、本当にありがとうございました」

「いや、そんな……」

土下座相手に頭を下げる東條さんへ、なんと答えれば良いのかが分からなくなる。

「……でも、いつから気付いてたの？」

「多分、最初からです」

「最初っていうと……焼き肉のタレの時だね」

「焼き肉のタレ……？　おじ様の……？」

「いえ、なんでも（困惑）」

変装の術ってあのレベルでいいの？

「でも、そうか」

俺はうまくごまかせているつもりだったけど、東條さんは全てお見通しだったということか。情けないやら、恥ずかしいやら……。

「国立くん？」

「ああ、いや、なんでもない——でも、東條さんが無事でよかったよ。湯あたりだったの？」

「はい。長くお風呂に入りすぎた上に、肉体と精神両面からの疲労と……でも助けていただいたので、すぐに良くなりました！　本当に国立くんには救っていただいてばかりです」

続く言葉はない。が、二人の間をゆるやかに風が通り過ぎた頃、自然と会話は再開した。

「突然すみませんでした。とにかく私は、自分の心に正直になって……明日に挑みたいと思います。そしてそのきっかけをくださった国立くんにお礼を伝えたかったのです」

そう言って腰を折る東條さんは、スポットライトに照らされた舞台役者のようだった。

ずいぶんと絵になるなあ、とぼんやり観察していたら、「あ、あの、そんなに、見ないでください……」と誤解発生。

「あ、いや！　今更だけど東條さんの学生服姿もなかなかレアだなあ！　って思って……」

「そ、そうですね！　たしかに基本的にはメイド服か私服でしたから！　国立くんはどれがお好きですか？　あ、あくまでただの質問です！」

「え？　好きってどの観点からの話？　特定状況下での好み？　それとも飾った場合の評

価？　もしくは実用性という意味での点数？」

「……実用性、ですか？」

「いえ、なんでもありませんでした（冷静）」

危ない。二時間あっても足りないような深い話をするところだった。これ以上のボロが出る前に東條さんを送りだすことにした。

「明日で全てが決まる。東條さんの為にも気合を入れないとな――それにしても」

校舎に消えていく背中を見ながら俺は思った。

具体的には、スカートの辺りを見ながら――いや、見ないふりをして思った。

「東條さんの背に立つと、おしり神が舞い降りてくるのはどうにかしないと……」

明日はとにかく先陣を切る！　国立大理、東條さんの後ろ姿を直視できない心境に陥っています。

＊

「ダイリ、ここは通さない」

「お前はＲＰＧの中ボスか」

東條さんと別れた後の帰り道。寮へとつながる道のど真ん中に恋が立っていた。

「いくつか質問をするから、答えて。絶対に答えて」

「お、おう」

軽口でかわそうとしたが、恋の真面目な表情に気圧《けお》されてしまった。

「質問。なんでダイリは皆を騙《だま》すようなことをしているの？」

「……なんのことだ？」

「じゃあ、質問を変える——エントリー時のとき金太《きんた》が核心を突いたけど、ダイリはごまかした。先をいっつも考えたがるダイリなら宙ぶらりんにする訳がない。なんで？」

「まあ恋、早く寝ろよ。明日も早いし——」

「——なら質問を変える。ダイリも気づいてるよね？　今回優勝しても、願いがなんでも叶《かな》うなんて確証はないってこと。だって金太の言った通り、そんなことは書いてない」

「でも〈可能性〉はある」

「でも〈確定〉じゃない。なのにそれを隠している。そしてあたかも確定かのように誘導してる——まだあるよ。そもそも優勝したからって、全員に特典がつくのかも分からない」

「……確かに。さすがは恋だな」

「茶化さないで、ダイリ。聞くけど、もしも五人で勝った後の発表で、願いは一つってなったら、どうするつもり？」

「それは、その時考える」

どうするつもり——これは、俺の心境を指しているのか。もしくはそんな状況になったら東條さんは受け取りを拒否するだろうという推測なのか。

「ウソ。ダイリはそんなに行き当たりばったりじゃない——それにわたしは、決まってる」

言葉を待たずに恋は断言した。

「わたしは、わたしの欲しいものを要求する。一人しか報われないなら、わたしはその一人になりたい。ダイリだってそういう考えだったはず」

「恋……」

なんとなく分かっていた。恋は東條さんのために協力してくれるだろう。けれど、譲ることはしない。絶対に。

「恋の指摘は正しい。それは俺も同意する」

「じゃあ——」

「——でもな、俺はそれでも前に進みたいんだ。感情的とはいえないが、打算的ともいえない。たしかに曖昧なところを明らかにしないまま、皆を巻き込んでいるとは思う。ただ、なんとなくだけど、それを悪いと思っている奴らはいないと思う」

「それ、ダイリらしくないよ。ダイリが一番嫌いな状況だよ」

「そうだな」

俺はこの数日間、本当によく考えた。そして一つの結論に辿《たど》り着いたのだ。

「恋。たしかに俺らしい考えではないかもしれないし、答えをごまかして誘導しているのかもしれない。でも……それでも俺は進んでみたい。進む前から諦めるんじゃなくて、自分の手で切り開いてみたい。一時間ごとの予定を立てる旅行もいいけど、目的地のない一人旅だって悪くはないと思わないか？」

「……青春ボーイ」

「なんだそれ」

「べつに。小枝葉《さえば》先生がそう言いたくなる気持ちが分かっただけ。文句ある？」

「い、いえ」

さわやかに終わるつもりだったが、恋の威圧感がヤバいので、どもってしまった。

「と、とにかく俺は未知へと飛び込んでいこうと思うよ。もしも問題が起きたのなら、明日考える。それでいいだろ？　計算ばかりしていても、先は見えないさ。男子寮に文句を言うだけの人生はやめだ」

恋は答えなかった。代わりにぽつりぽつりと言葉を生んだ。

「ダイリの世界は、どんどん広がっていくね。あたしはダイリと金太と、空き地ぐらいの広さで追いかけっこをしていたかった」

「……？　恋だって小学生のときから一緒に進んできたろ？」

「絶対に置いていかれないから」

「置いていくわけないだろ。むしろ……」

寮の近くは常夜灯が少ないが、木々が少ないため月明かりは十分に差し込む。ただただ立っているだけの恋だが、容姿のせいで非現実的な光景に見える。幻に手を伸ばしても、触れることなく消えてしまう。恋も、触れたら消えてしまいそうだ。

「なに？」

「いや、なんでもない。明日の試合はよろしくな」

「うん。それは任せて。手は抜かない」

頷《うなず》く恋に、偽りの色は見えなかった。

＊

さびれた男子寮の中でも、更にうらぶれた奥の奥が写模《しやも》の指定した集合場所だった。

写模には現状報告をしてもらうように依頼していたのだ。抜けそうな床に気を付けながらも、ようやく辿り着くことができたが、そこには写模の姿が無かった。

「……あれ？　居ないな。おーい、写模。居るのか？」

ただの壁に見えた箇所が、ぐるりと反転。写模が現れた。

「(絶句)」

身分を隠す気はあるのか。

「？　どうかしたか、国立」

「いや……なんでもない」

「そうか……？　国立も多忙ゆえ、思うところがあるのだろう——さて用件だが。全て万事抜かりなく終了した」

「さすが写模だな。で、誰にもバレてないよな？」

「是。仲間を含め、是である」

「サンキュー」

「良いのでござるか？」

「ん？」

写模にしては妙に感情的な声音だ。

「なにも国立が全てを背負わずとも良いだろう。皆で協力するという言葉は嘘《うそ》か？」

「まあこれくらいなら〈策略〉ってほどでもないだろ？　グレーゾーンのギリギリ上ってとこだ。それに後で説明はするって言ったろ？」

「笑止。その裏にもう一枚ござろう」

「……バレてる？」

「拙者に隠し事など不可能でござる」

実家のタバ姉の研究室を漁《あさ》りまくった時点でタバ姉にはバレバレだとは思ったのだが……まあ、そりゃそうか。忍者だもんな、バレるわ。

「我は忍者ではない」

「読心術⁉」

「術ではない。高校生のたしなみだ」

「青春漫画から会話とドキドキを消すつもりか」

しかしバレていたか。それでも──説明は必要だろう。無言で信頼を築くのは困難だ。

「写模、聞いてくれ。俺は東條さんに気付かせてもらったんだ。現状に愚痴を言うだけじゃあ、何も変わらないってことを」

そうだ。俺は東條さんを救うと同時に、東條さんに救われたのだ。

「たしかに俺一人で背負うべきものではないと思う。でも限りあるチャンスの中で考えられる手は打っておきたい。それが褒められない方法なのだとしても……俺はこのチャンスを逃したくない」

　東條さんを裏切るつもりはない。これは進学塾で行う模擬試験と同じだ。あくまで予測と準備、そして援護。ただそれだけのこと。

「ルール上のあきらかな違反もしないし、もちろん皆を裏切るような方法もとらない。それだけは信じてくれ。この通りだ」

　俺は流れのままに頭を下げた。しばらくしても返答がない為《ため》、窺《うかが》うように頭を上げる。

　写模は天井を仰ぎ見ていた。何か一つ頷くと、視線を戻す。

「国立。我にも隠していたことが一つある」

「ん？」

「拙者は——忍者でござる」

「……、……」

「言葉も出ないだろうな。隠していてすまない」

「大丈夫。謝らなくても問題ない」

　本当に問題がない。

「拙者も訳あって、里を出た身。その折には、体裁など気にせずに〈里を出ること〉だけを無我夢中でつかみ取った。それこそ手段など問わずに」

「そうだったのか」

ツッコミどころのあるやつだけど、きちんとした理由があるんだな。

「拙者はもう、ギャルゲーを作りたくなかったのでござる」

「忍者の里の話だよね⁉」

「昨今の技術の発達は忍者の必要性を奪ったのだ。その為に、我々忍者も他の稼ぎ口を見つけねばならなかった——だから〈マキワリソフト〉というメーカーを作った」

「結構有名なところだった……」

しかも、くの一物で売れてるとこじゃん……本場じゃん……。

「シナリオの半蔵、プログラムの弥七、タイムキーパーのお銀」

「ゲーム内キャラより濃いメンバーだろ、それ」

「ボケてきた長老は、イラストレーターからデバッグ班へ」

「長老のデバッグをしてさしあげろ」

「そして、イラストレーターは拙者に引き継がれた」

「写模がレーターなの⁉」

あの可愛《かわい》い絵をお前が描いていたのか⁉

「我は稀代《きたい》のユニークスキル持ちでな。S＋ランクの模写スキルによって――っと、これ以上を聞かせると国立に危険が及ぶ、この辺りでやめておこう」

「ほぼ全部言ったよね」

「とにかく、そういうわけでござるから――」

写模は口角を上げた。

それは初めて見る笑みだった。

「――拙者も国立の選んだ手段を責めることなんて出来ないでござるよ」

「写模……ありがとうな」

良き理解者に出会えた気がする。忍者だけど。

「しかし、国立。我からも一つ、忠告をしておこう」

「忠告？」

「この学園は――姫八《ひめはち》学園の生徒は一筋縄では行かないでござるよ。努々《ゆめゆめ》忘れぬように」

「……わかった。心得ておくよ」

色々と驚きの話も出てきたが、この辺で夜は終了。月も眠り、太陽へと代わる。

明日は本番、シラス杯。負けられない戦いがとうとう始まる――。

EP9 真の勇者とシラス杯

不思議なものだ。学園生活を充実させるための男子寮改善の行動がボランティアへと繋《つな》がり、面倒くさいだけだったはずのボランティアがいつの間にか東條《とうじょう》さんとの出会いに繋がり、その東條さんとの行動が俺の学園生活を充実させる結果となった。

シラス杯当日の朝は、当たり前のようにやってきた。

一度学校に集合させられた俺達は、参加者用の送迎バスに乗り込んだ。競技参加者はエントリーや配布物などがある関係上、一般生徒よりも二時間早くの現地入りとされたらしい。このバスの目的地が今も不明である競技会場を明らかにするというわけだ。

緊張しっぱなしの東條さんを落ち着かせて、低血圧の恋《れん》の目をこじ開けて、金太《きんた》は暑苦しいので無視し、写模《しゃも》は別チームなので姿は見えず、猪助《いすけ》は朝から可愛《かわい》いぞ……いや、何か途中からおかしくなったが、とにかく全員集合。不測の事態は起きていない。

全員が乗り込むと、電動バスは静かに発車。それぞれの思惑を詰め込んで目的地を目指し始めた。大きいバスだろうが、小さな小枝葉《さえば》先生の車だろうが、道路に変化はない。

ボランティアの時に何度か通った公道をバスは走る。ここまで方角も同じであれば目的地など確認する必要もないだろう。万が一、俺の予想が外れたら……などと考えることもあったが、これで万事問題がない。全て、順調に事は進んでいる。

「あとは……勝つだけだ」

小さな独白は誰に聞かれるでもなく、バスから落ちて道路に消えた。


定期的に段雷の音が鳴り響き、ときおりスモーク付きの昼花火が青空を彩っている。

予想通り、小枝葉先生とマッピングした森林の近くが待機会場になっていたが……。

「お祭り騒ぎのせいで、ボランティア時の面影はないな」

いたるところに学生運営の屋台が並んでいる。金太はさっそくアメフト部の〈バッファロー串〉を買っていたが、漫画部〈マンガ肉〉の看板を見つけて再び旅立った。

科学超越部の〈超越ソフトクリーム〉なる商品を購入しに行った猪助が帰ってきた。

「なんか向こうにオッズ表が出てたよ。お金で食券を買って、それで賭けるみたい。買おうと思ったけど参加者はダメって止められちゃった。ざんねん」

舌先でペロペロとクリームをなめている様子はとても可愛らしいのだが、こいつは男だ。

男なのだ……！

それにしても、この騒ぎは想定以上だ。

「そして疑問が一つ解けた」

学生二千人を超す学園において、シラス杯の参加者が抽選でないことが疑問だった。だって出ておけば1％でもチャンスはあるのだ。しかし、このお祭り騒ぎを見て納得いった。〈出ない方が楽しい〉こともあれば〈出ないからこそ参加できるイベント〉もあるのだ。1％程度の可能性に賭けるよりも、数十枚の食券のほうが良いに決まっている。先輩は後輩に伝えないという不文律も結局、お祭り騒ぎを楽しませるための優しさなのだろう。

釣り部の〈まるでイカ焼き〉をモグモグしていた恋が、口元も拭かずにしゃべり始めた。

「ダイリ。いまさら気が付いたの？　わたしは気が付いてた」

「こればっかりは見てみないと分からなかった。すごい人だよな」

「やっぱりチャペルに二千人収容は無理」

「なんの話をしてんの⁉」

「式場の人が制止してきた気持ちも分かる」

「頼むから制止される前に気が付いてくれ」

「――く、国立《くにたち》くん！」

「東條さん。着替え終わったんだね」

「は、ははは ひ！」

「新種の生物がいる」

「き、きんちょうします！　けど頑張ります！」

弱そうなファイティングポーズをして己を鼓舞している東條さん。その身にはエントリー最終確認時に配布された衣装を着用していた。

タバ姉の世間話によると『服が破れるという備考があるが、その後の補償はどうするのか。保護者への説明は？』――という学園長に対する至極真っ当な（真っ当な職員が居たことに驚きだが）意見の下〈服は一律支給〉ということに決定したらしい。

「しかしその装いに難ありという話」

「は、はい……なんだかちょっと」

東條さんはもじもじとしている。それもそのはずだ。東條さんに割り当てられた衣装は、手や足はガードが装着されて物々しいが、胴体部分などはあからさまに露出していたりもして、ＳＦっぽいバトルスーツのようになっている。しかもこれ一人一人違うモデルだ。

「男性の方は普通なんですね……」

「そこが学園長のムカつくところなんだよなあ！」

男子に至っては、ふつ――の運動着が配布された。それを『うちの学園長だから仕方ないか』という大多数の意見で抑え込んでいるところが、これまた器の大きさを見せつけられているようで重ねてムカムカする！

「ムムムム……」

「国立くん！　落ち着いてください！　がんばりましょう！」

鼓舞のために少し飛び上がった東條さんの胸がボヨンと揺れた。真面目な顔をしておく。

「うん。お互いが――いてえ！　今、蹴ったのは恋か!?」

「つーん」

「それは口で発する状態ではない」


――ザザッ。


大きなノイズが一度だけ走ると、静寂。

その後、アナウンスが流れた。

『最終確認並びに着替えの済んだ参加者はイベント会場ステージ前にお集まりくださサイ。なお、出入ゲートにて注意点及び持ち物チェックを行っておりマス。繰り返します――』

＊

イベント会場ステージ前はすでに人であふれていた。

見慣れぬ若い女性がルール説明を始めるところだ。

『では、競技内容の詳しいルールについてご説明いたしマス！　まず、先ほど学園長からも発表がありましたように、今回の種目は〈サバイバルゲーム〉ということに決定しておりマス！　ＭＡＰは背後に見えます広大な森林！　審判はドローンが使用されマス！　ドローンにはカメラが搭載されておりますので、ギャラリーの方々はこちらのメインディスプレイ、もしくは端末で観覧くださいネ！　もちろん参加者の方は見られませんヨ？』

「ダイリの予想通りだな、もぐもぐ、あらかじめサバゲーのノウハウとか、簡単な合図とか、もぐもぐ、覚えておいてよかっもぐもぐ」

「金太くん、肉をガムのように噛《か》み続けるのはやめなさい」

金太の言う通りだ。〈森林地帯を舞台にし、使用道具は《服が破ける銃》。二人から五人まで参加可能なゲーム性のある銃を使用する競技〉という情報から、俺は今回のシラス杯の競技内容が〈サバイバルゲーム〉だと予想し、メンバーに共有、対策を立てていたのだ。

　まあ他にも色々やってはいるが……それは俺の心のうちだけに秘めていれば良いだろう。

　昨日写模にも言ったように、俺はとにかく結果をつかみ取りたいのだ。

「でも安心しました。わたしも、国立くんに教えていただいてなければ〈サバイバルゲーム〉という存在すら知りませんでした」

「予想と対策はテストの基本だからね。前準備が効果的で良かったよ」

「ダイリ」

「どうした恋」

「その〈前準備〉だけでダイリの作戦は終わりなの？」

「……他になにがあるっていうんだ」

「ふうん。別にいいけどね」

『なおMAP内での通信機器使用は禁止となっておりマス！　すでにイベント会場入場時に回収しているはずですが、万が一持参が認められた場合には失格となりマス！　立体MAPを配信する生徒手帳だけは持ち込み可能、電波オフモードにてご使用可能デス！』

　これは少々痛かった。あらかじめ用意していたトランシーバーが使えなくなったのだ。

「……しかし、それは他も同じか」

　俺は遠くに堆《うずたか》く積みあがっている〈通信機器〉の数々を見た。GPSもある。あれらは全て他の選手達の荷物から回収されたものだ。要するに立地と種目を把握していない参加者も、これまでの経験則から考えられる最低限の準備はしてきたということなのだ。

「写模の昨日の話はこういうことか……」

出場者が一定数である理由には〈学園内の手練《てだ》れを相手にしたくない〉という事もあるのかもしれない。しかし俺達の優位は変わらない。立地と種目を知っていたのは大きい。

『今回支給される銃の説明は先ほどありましたように、着弾箇所の服が破れてしまいマス！　判定は五か所、四肢と胸部デス！　しかーし、四肢はただ着弾判定があるだけデス！　ヒットポイントは胸部の着弾判定にのみ設定されていマス！　なお着弾判定場所を腕などで隠してもヒット箇所は貫通し、二か所が破損しマス！　なおプレイヤーが重なっていた場合には、まず手前プレイヤーの着弾判定のみ確認されますが、その後は貫通いたしマス！』

つまり胸部を撃たれなければ生き残れるってことか。腕で隠しても無駄。逆に、胸部を撃たれてしまえば一発アウト。チームプレイヤーが肉壁になることはできそうだが、連射の前には意味がないと。そして手足の服が破れる必要性は今更エロ爺に聞くつもりもない。

『さて、皆さんには後程、U字の機器をお渡ししマス！　これはヒット判定判別機能と共にレシオ制におけるポイント配分機能もふくまれていマス！　五人チームは自動的にAL

L1になっていマス！　四人以下の場合は5ポイントを任意に分けてくだサイ！　分けられたポイントは1ごとに胸部に設定されるライフを1増加と、銃の最大弾数＋6となりマス！　先ほどの説明通り、銃は自動で弾《たま》が補充されますが、打ち切らないと補充されず、補充されるまでには一定時間が必要ですので、残弾数管理にはお気をつけくださイ！

なお銃は登録者のみが使用可能となっておりますヨ。他者の銃を奪うことはチーム内外を問わず不可能ですので、奪い合いはしないでくださいネ！』

視線を感じて右斜めを見ると、少し遠くから林檎《りんご》先輩がこちらに小さく手を振っていた。撫子《なでしこ》先輩もいる。プロポーションが良すぎて、なにかのイベントコンパニオンに見える。

「林檎先輩の予想通りか……まあこれはしょうがない。人間が五人という利点を生かそう」

「ダイリ。それか金太をゴリラと言い張って、人数に入れないことも出来そう」

「無理だ。それはもう試したが、やつは人間枠らしい」

「そう。ざんねん」

「おいてめえら！　オレをなんだと思ってるんだ!?」

「〈筋肉〉バカ」

恋と二人で金太を上から下まで見た。

「〈筋肉〉ゴリラ」

「なんだ。ならいいけどよ」

「熊飼《くまがい》くんって心が広いのか狭いのかわからないね」

『試合終了条件ですが、チーム戦ですので、最後の一人になった場合ではなく、最後の一チームとなった場合にゲーム終了となりマス！　以上でルール説明は終了となりマス！　詳しくはただ今よりローカル通信でお配りするテキストデータでご確認くださいネ？』

ピコンと受信の知らせを受けて、各選手が一斉に端末を開いた。

『また、本日は気温も高く天気の崩れが心配されておりますが、悪天決行・中止皆無ですのでご安心ください！　お怪我《けが》をした場合でも姫八《ひめはち》学園が誇る七名の保健医がひかえておりマス！』

手で示された〈七人の保健医〉がそれぞれの方法で自己表現。一番左で小さく手を振るタバ姉が、一番の不安要素であることを司会のお姉さんにぜひ伝えたい。

「今日は近づかないようにしよう。何をされるか分からないしな」

『さて！　長くなりましたが以上デス！　試合開始までは一時間となりますので、その間皆さんにはドローンについて行っていただき、各ポジションにて待機いただきマス！』

シラス杯 サバイバルゲーム：<森林マップ>

■参加チーム（人数）
総勢 36 チーム　136 名

■使用武器
深夜アニメの例の謎光線銃
※衣服が破れます

■基本ルール
・チーム全体の総計ポイントを5 としたレシオ制
例：5 人チームなら自動的に全員が 1 ポイント
　　4 人チームなら 5 ポイントを任意の形で割り振ることが出来る
　　（1 人のポイントを 0 以下には出来ない）

・割り振られたポイント 1 毎に、銃の弾数が 6、HP（ヒットポイント）が 1 プラスされる
（初期弾丸は 6）
例：ポイントを 2 割り振られた場合、弾数＝12、HP=2

・HP が 0 となったプレーヤーは死亡扱いとなるためその場で動かず声も上げないようにすること
・チーム全員の HP が 0 となった場合、そのチームは脱落
・着弾判定箇所は四肢と胸部の 5 箇所、ただしヒットポイントは胸部にのみ設定されている
（四肢は衣服が破れるだけで弾は貫通する。着弾判定が残っている場合他者には貫通しない）

・残り 1 チームになったら試合終了

■禁止事項（破った場合失格）
・敵プレイヤーに対する物理攻撃もしくは類する行動
・公序良俗に反する行為
・通信機器の持ち込み及び使用
・学園長が笑えないイタズラ

緊張していた空気が弛緩《しかん》していく。思っていたよりもきちんとした内容だ。俺は配布されたルールの電子データをスライドしていく。

「気をつけないといけないのは、〈敵に対する物理攻撃もしくは類する行動の禁止〉ってところだろうな。特に猪助、分かったな？」

「うん、まかせて！」

「よし。絶対に分かってないな」

「えー、分かってるってば！　モンちゃんもいるし、平気だよ」

「分かった分かった。モンちゃん頼んだぞ？」

絶対に抜刀されるなよ！

『では、チーム名もしくはチーム名がない場合にはリーダー名をお呼びしますので、対応するドローンを取りにきてくだサイ！――まず〈北風と太陽〉チーム！』

大げさに手を振り上げながら、赤髪と金髪がドローン待機場所に近づく。

「あ！　大理《だいり》、アイツらだぞ！」

「落ち着け、出ることはリストで知ってたろ」

『続いて〈ロミジュリ〉チーム！』

「でもよお、なんかなあ。倒そうぜ、アイツら」

「とにかく落ち着け。お前は自滅することが多いんだから。それに嫌がらせされたからと嫌がらせしてたら同じレベルだぞ」

『続いて〈スカーズ〉チーム！』

しかしチーム名も重要だったかもしれないな。俺らは空白申請してしまったから俺の名のチーム名だけど、〈スカーズ〉なんてそれだけで強そうに見えてしまう。プレイヤーも自信がつきそうだ。

『続いて〈D〉チーム！』

「あ、乱麻《らんま》くんたちのチームだね」

「手練れの草薙《くさなぎ》兄弟と忍者の写模、あとは索敵能力A＋の2年と気配遮断スキル持ちの3年のDVDメンバー……案外優勝候補かもしれないぞ」

「能力？　スキル？　国立くん、なに言ってるの？」

「っく。男の子ならもれなく大好きである〈能力設定〉に食いつかないとは……」

というか、一番そういう設定に近いやつに言われてしまうとは……。


『続いて〈お姉ちゃんのおぱんちゅちゅきちゅきだいちゅき〉チーム！』


一瞬にして会場が冷えた。

「さすがにヒドいな。悪ノリにしても冷めるぞ、あれは」

「わ、わたしはあんなこと、ステージ上で言えません……！」

たしかに司会のお姉さんはプロフェッショナルだ。

『えーと、呼ばれたチームはドローン待機場所へきてくだサイ！　繰り返しますネ！〈お姉ちゃんのおぱんちゅちゅきちゅきだいちゅき〉チーム！』

変な空気が流れ始めた。

「はやく出てやれよ……司会のお姉さんが可哀《かわい》そうだろ」

「なあ、大理」

「なんだ、金太」

「オレ、大理とはそれなりに深い付き合いだと思ってるぜ」

「それが、どうかしたか？」

「これはオレの直感なんだけどな」

「ん？　何の話？（さわやかな笑み）」

『すみませーん！〈お姉ちゃんのおぱんちゅちゅきちゅきだいちゅき〉チーム！　失格になっちゃいますヨー？〈お姉ちゃんのおぱんちゅちゅきちゅきだいちゅき〉のリーダーさーん！』

「あのな、大理。言っていいか？」

「言わないで！」

「多分だけどな」

「やだ！　聞きたくない！」

『最後ですヨー!? 〈お姉ちゃんのおぱんちゅちゅきちゅきだいちゅき〉リーダーの〈国立大理〉さーん！　早く来てくだサーイ！』

「タバねえええええええええええええええ!?」

万歳三唱をしながら変な装置で背後から色とりどりの紙吹雪を巻き上げていたタバ姉を、さすがにこっぴどーく叱っておいた。

もちろんチーム名も戻すよう言っておきました。

＊

『さあ！　試合も中盤戦！　今回のシラス杯、いったいどのチームが勝つのでしょうか!?』

あたりを飛び交うドローンから、お姉さんの聞き取りやすい実況が流れてくる。試合が開始して早くも一時間近くが経《た》っている。残りチームは強豪ばかりだろう。

気配を感じて、ふと視線を上げる。頭上を小型のドローンが飛んでいった。

「静音すぎて、音では反応できないな……」

　ドローンの役目の一つとして〈審判〉があげられるが、機体の飛行位置からチームの居場所が分からないように、不規則に飛んだり回遊したりを繰り返しているらしい。さすがはタバ姉製といったところ。機体の制御はＡＩらしいが、会話などはできないようだ。

　機体の前方には小さなレンズがついており撮影役も兼ねている。そして俺は、そのカメラに極力写りたくなかった。なぜなら〈暗躍〉とはそういうものだからだ。

　数分ほどの単独行動を終えた俺は、一時的に別行動をしていた恋と東條さんのもとへ、周囲を気にしながら最短スピードで戻ってきた——つもりだったのだが、運動神経抜群の恋が一人で三人ほどを相手に交戦中のようだった。

　どきりとするが、恋に焦りはない。格下の相手ということだろう。

　恋は東條さんとはまた趣の違う衣装に身を包み、まるで金色の狼《おおかみ》のような俊敏さで右へ左へ飛びつつ、一人の敵を楽々と撃ち抜いた。その様は、美しさを通り越して壮絶な光景で、安易に声を掛けることができず、俺は無言のまま恋の隠れている木の傍《そば》に走り寄った。

「悪いな、待たせて。それにしてもさすが恋だな。余裕じゃないか」

「ダイリ、どこ行ってたの？——東に一人行ったから。反対から追い込んでね」

「悪いな。ちょっと野暮用だ——東の敵は任せてくれ」

長年の付き合いから短い会話で意思疎通は完了だ。

指示通りの方角へ走る。すぐに木の陰に隠れた敵を発見。恋がフェイントをかけて、敵の注意を引いてくれた。内心でグッジョブと称賛しつつ、冷静にレバーを引く。

〈カチッ！〉というかなり大きな音が鳴った。トリガーを引くと撃鉄が動いて大きな音が鳴る仕組みなのだが、これはおそらく打ち手の場所を分からせるための装置だろう。

もちろん俺の一撃は目に見えない光線となったが、撃鉄音のあとすぐに〈バシューン！〉というヒットオンが続き、相手男子の胸部が破裂した。衝撃は意外とあるようで、胸を撃たれた参加者は皆、仰向《あおむ》けに倒れていく。

――ドッカーン！

――うわあ！　なんだこの地雷はあああ!?

同時に、遠くから悲鳴と破裂音が響いてきた。どうやらあちらも、うまくいったようだ。

『〈二年連合チーム〉全滅デス！――つづいて、〈花壇整備チーム〉も全滅デス！　ドローンが回収モードになりましたら、エリア外へ出てくださいネ！　なお、繰り返しになりますが、撃たれたプレイヤーは死亡とみなされますので、指示があったとき以外は絶対に動かないでください！　先ほど、一名が違反をし、保健室に運ばれておりマス！』

俺が仕掛けた罠《わな》で保健室送りはないはずだ。別の何かが原因だろうが、今は考えない。

「悪かったな、思ったより時間がかかって」

「別に良いけど。それで何をしてたの？」

「キジを撃ちに行ったんだよ」

「トイレの隠語？　それともそういうプレイの話？」

「どういうプレイの話⁉」

恋は全く信じていない様子。少し離れた位置に居る東條さんが頭を下げた。

「お、お疲れ様です！　私、何もお役に立てなくてすみません……」

「いやいや、気にしないでよ」

「もしもの時は、肉壁になります……！」

「生きて⁉」

「風花《ふうか》さん、落ち着いて。生き残ったのは三人だけ。力を合わせよう」

「恋さん……はい！　ありがとうございます！」

「そうだよな」

とても長く、そして辛《つら》い闘いの連続だった。

金太そして猪助は、それぞれの大義によって散っていったのだ。

（回想・金太の場合）

「あ！　大理！　あっちに一人いるぜ！　よし、オレに任せろ！」

カチ――バシュ――ン！

〈サイドチェスト〉

カチ――バシューン。熊飼金太・右手破裂。

「……っく。やるな！　しかし熊飼金太、もう一人の男を倒したぜ！」

〈フロントダブルバイセップス〉

カチ――バシューン。熊飼金太・左足破裂。

「国立くん、国立くん。大変だよ」

「どうした猪助！　それより敵はどこいった!?　あとこの被弾音と破裂音はなんだ!?」

〈サイドトライセップス〉。

カチ――バシューン。熊飼金太・左手破裂。

「それがね、熊飼君が敵を倒すごとにポーズを決めてるから、狙い撃ちされているんだよ」

「さあ来い！　オレが……いや、オレと筋肉が相手だぜ！」

〈バックダブルバイセップス!!〉

「せめて前を向けえええええええええええ!!」

――熊飼金太、脱落。（ポージング中に胸部破裂）

（回想・猪助の場合）

「猪助。あと一名どっかにいるはずだ。気を抜くなよ」

「うん――あ！　国立くん危ない！」

「え？」

キンッ！――バタッ。

鋭い音と鈍い音がほぼ同時に聞こえた。

背後を見ると大きな男が倒れている。

猪助はすでにモンちゃんをお家《うち》（鞘《さや》の名称）に帰してあげているところだった。

「ふう。あぶなかったね」

「モンちゃあああああん⁉」

――北狼《ほくろう》猪助、脱落。（ルール違反および危険人物判定）

（回想終了）


「一瞬で終わった回想」

こうして俺達は三人になってしまった。しょーもないぞ、アイツら！

「ダイリ、はやく行こう」

おう、と頷《うなず》こうとした瞬間だった。

「――きゃあっ！」

「え？　東條さん⁉」

振り返ると、そこには見慣れた二人組。

金髪はこちらに銃口を向け、赤髪は東條さんの手首をつかみ、胸部に銃を突き付けていた。

「へへ。いいか、お前ら。俺たちにたてついたらどうなるか、今から教えてやるからな」

「動いてみろよお？　大事な大事な女の子が、一発で傷ついちゃうぜ？　おっと、恨むなよ。てめえみてえなクソ一年が、女はべらかして余裕ぶっこいてんのが悪いんだぜえ？」

「く、国立くん……ごめんなさい……」

「東條さん、大丈夫。すぐに助けるから」

ちくしょう。クソ野郎共だと思っていたが、ここまでとは。なんとしても東條さんを救わねばならないが、東條さんが人質に取られているため、うかつには動けない。

金髪と赤髪を睨んでいると恋が俺の横に立った。

「ダイリ、あの二人組。話に聞いてた食堂の」

「ああ、そうだ。奴らが例の二年コンビ――」

「――風邪気味の大将」

「「北風と太陽だ！」」

「そうとも言う」

「こいつらマジで許さねえ！　北風、俺は女を見てる！　奴らに地獄を見せてやれ！」

カチカチ――ババシューン。

「たりめえだ、太陽！　まじで許さ――キャン！」

北風の胸がはじけとび、地面に倒れた。

横に視線を向ければ、恋が銃を構えていた。指はきっちりとトリガーにかかっている。

「こっちの残HPは2だったみたい。あとひとりは最高でも3だね」

太陽が右を見て、左を見て、倒れている北風を見た。ここからでも分かるほどに動揺気味に口を開いた。

「あのそちらのお嬢さん？　さすがに唐突というか、こっちも前口上があるというか……ちょっとヒドいんじゃないかな……？」

「っく、くそ……このアマ……鬼か……」

「あ、死体が喋《しゃべ》った」

恋が近くに浮遊するドローンに話しかけた。

「これは違反じゃないの？」

『違反行為です――電撃を流します』

「うぎゃあああああ」

「きたかぜえええええええ!?――て、てめえら、なんて鬼畜な奴らなんだ!?　良心

「お前が言うなよ……」

太陽は唯一のアドバンテージである東條さんの腕を乱暴につかんで、逃がさないようにロックした。

「いたっ……！」

「おい！　お前ら！　いい加減にしろよ⁉」

「うるせえ、国立大理！　てめえが全部悪いんだ！　来る日も来る日も、女といちゃいちゃしやがって！　見てて、ムカつくんだよ！――なあ⁉　相棒そうだろ⁉」

「（プスプス）……ああ、そうだ！　すげえ羨ましい！　俺たちも彼女欲しいのに！　なんでお前にだけ、美女が――」

『違反行為です』

「――ぎゃあああああああ」

「きたかぜええええええ⁉――て、てめえら、一度ならず、二度までもハメやがって……悪逆非道なやつらめ……！」

「逆恨みにもほどがあるぞ……」

「とにかくこの女がどうなってもいいのか⁉　早くその銃を下ろせ！」

の呵責《かしゃく》はねえのか⁉」

「そんなこと聞けるわけないだろ」

俺が反論する中、恋がそっと銃を下ろした。

「恋?」

「審判。威圧的な男性がかよわい女性の腕をつかんでるけど……反則じゃないの?」

『もうちょっと楽しみたかったですけど……反則で終了にしますわ!――強制全身破裂!』

ババババシューン!

「ぎゃあああああああ! てめえら覚えてろよおおおおお――(白目)」

「……(煙をあげながら動かない)」

「よし」と恋。

『楽しかったですわ』とドローン。

「絶対に中身が居るよね!?」

『……、……ドローンは自我を持ちません』

こいつ……。

「あ! そんなことより東條さん! 大丈夫!?」

「す、すみません」

太陽を襲った爆発の衝撃により、東條さんは地面に倒れていた。

「立てる？　東條さん、手をつかんで」

「あ、はい、大丈夫で——いたっ」

東條さんは俺の手を離し、とっさに足首を押さえた。

「もしかしなくても、痛めたよね」

「い、いえ。そんなことはないで——っ」

「むりしないで」

回収されていく北風と太陽を完全に無視しながら、恋も手を差し出す。

「……？　恋さん？」

「とりあえず、移動しよう。ダイリ、近くに隠れる場所、ある？」

「ああ、そうだな——えっと」

俺は地図を見ながら、じっさいに歩き回った時のことを思い出していく。

なるべく俺専用MAP上の〈×〉に囲まれたところがいい。

「その〈×〉なに？」

いつの間にか恋が俺の端末を覗《のぞ》いていた。

「移動後に話す。よし、あっちに2メーター程度の崖と、遮蔽物の組み合わせがある。あっちへ退避だ」

恋と二人で東條さんに肩を貸しながらの移動が始まった。

＊

「分かった。風花さんのことは任せて」

恋はそう言ったきり、何も言わなかった。怒っているわけではなく〈早く行け〉ということなのだろう。

「ご迷惑お掛けしてすみません……！」

頭を下げる東條さんを遮ったのは恋だった。

「チームなんだから、謝らないで。あと、ダイリが困ってたら助けてほしい」

「……はい！　がんばります！」

「じゃあ二人とも。さっき言った通り、低い木が生えてるこの崖を背にして、前に注意を。今、ローカル通信で渡したMAP上の〈×〉には写模特製の罠《わな》がしかけてある。前方から敵が来ても、落ち着いて対処してくれ」

東條さんはぴょこぴょこと頷《うなず》いた。

「〈自然の罠〉ですね！」

「そうだね。草木を結び付けたり、わざと目線あたりに木々をたるませたり……こっちが把握してれば有利になるから、頭に入れておいて。恋、じゃああとはよろしくな」

「分かってる――じゃあ行ってらっしゃい、アナタ。お仕事がんばってね。銃弾と罠には気を付けてね」

「そんな出勤は嫌だ」

『あぁーっと、撃墜数を着々積み上げていた〈二年運動部連合〉ここで落とし穴にはまって、狙い撃ち、全滅デス！　こんな落とし穴、いつの間に掘られていたのでしょーカ！』

「……よし」

心の中でガッツポーズ。強そうなところが消えてくれた。

「ダイリ。何を嬉《うれ》しがってるの？」

「べ、別に？　じゃあ、とにかく行ってくる！」

俺は二人と別れ、一人旅を始めた。

＊

発明品№八〇〈天空の城の大ちゃん〉発動――。

これは俺が五歳のころ〈天空の城に行きたい〉と願ったところを発見したタバ姉が発明したものだ。天空に行くのではなく、自宅を天空にするという名目の元、住んでいる地区全域に雲に見立てたスモークが蔓延《まんえん》し、自衛隊が出動した。そして何故《なぜ》か俺が怒られた。

「う、うわ！　なんだ！　誰だ、スモーク焚《た》いたやつ⁉」

「っく、前が見えない！　とにかくさっきまでいた場所へ――ぎゃあ！」

「ダメだ！　そっちに逃げると、剣道部が待ち伏せしてるぞ！」

「ならこっちへ――わあっ⁉」

「背後にも敵が居たのか⁉　いつから潜んでた⁉」

よし。

争っていた2チームの攪乱《かくらん》成功。元々の争い＋漏れた敵を俺が倒すことにより――。

『――開始直後から執拗《しつよう》に争っていた〈剣道部チーム〉と〈柔道部チーム〉！　ここにき

て唐突に脱落！……アレ？　そうすると誰がヒットさせたんでショウ？』

俺だよ、と宣言することもなく静かにフェードアウト。次の標的を探して移動開始だ。

＊

発明品№一二〇〈温泉モグラ〉発動——。

これは俺が初めて温泉旅行へ行った際、〈大きいお風呂がお家《うち》にもあればいいのに〉とつぶやいたところをタバ姉に聞かれた末に発明されたものだ。大きい風呂の前に、まずは温泉を掘り当てねばならないというダイナミックな発想から、効率的に穴を掘り続けるモグラ型機械が出来上がった。結果、姫八市の至るところに穴が出来上がり、ガス工事などのインフラ整備の効率が上がった。市長に呼ばれて表彰されたのはタバ姉だった。

「わ！　落とし穴!?」

「ちょ、ちょっと、足が抜けない！　誰か助けて——きゃあ！」

「あ！　あの穴から敵が出てくるわ！　トンネルになってるの!?」

「ほんとだ！——きゃっ！　地面から望遠レンズが生えてる!?」

『〈放課後カフェ好きチーム〉脱落です！　またもや落とし穴！　誰が掘っているのか、縦横無尽デス！　残りのチームもだんだんと少なくなってきまシタ！』

モグラの機械を回収しつつ退散。対戦相手はあきらかに仲間のサインが見えたので放置。

「おっと……」

頭上を飛び交うドローンから身を隠す。チームに最低でも一つはついてくるようだが、俺達のチームのものは恋と東條さん側に居る。

「行ったか……」

タバ姉の発明品を駆使し攪乱をしていることがバレては元も子もない。

暗躍を心がけ、次へ取り掛かろう。

＊

発明品№五五八〈大ちゃんソングお届け隊！〉発動――。

これは装置の向いている一定方向の人間にのみ、音楽を届けるという代物だ。

ある日、俺の頭に天からベスト・ソングが舞い降りてきた。たまにあるだろう？　お風呂場で本気になって作曲しちゃう系。そしてそれを親に聞かれちゃう系。俺はタバ姉に聞かれた。そして録音された。そしてそれをこの装置で……もう思い出すのはやめよう。

今はスイッチを切り替えて、大音量のクラシックが聞こえるようにしていた。

俺は装置のボタンを握りながら、対象のチームが通るのを待っていた。発動させて足止め。そのあと全員を撃って終了だ。

さあ、準備は万端。

「どこからでもかかってこい！」

「──じゃあ、後ろから失礼するよーう。手をあげろー」

「すみません見逃してください」

手を挙げながら振り返れば、満面の笑みの林檎先輩。いつの間に近づかれたのだろうか。

「いやあ、タッチンってちょろいなあ！　いそいそ準備してるんだもんねー。近づいても気が付かないんだから可愛《かわい》いなあ！　集中力S＋・危険察知B－ってとこ？」

「先輩、まだ生き残ってたんですね」

ハンズアップのまま質問。まるで刑事と犯人だ。

「そりゃもちろーん。優勝候補だぜー？　直に撫子もくるけど──その前に」

林檎先輩は俺へと顔を近づけた。

「どうするう？　言うこと聞けば見逃してあげてもいいけどー？」

「言うこと、ですか？」

ふと気配を感じて横を見ると、二人の真横にドローンが浮いていた。とりあえず映像配信されていると困るので顔を離しておく。

「そうそーう。こっちの条件を呑《の》んでくれたら見逃して、あ・げ・る♡」

「条件って……たとえばなんですか」

「それはねえ……」

『っち。まだ顔が近いですわね』

「ドローン⁉」

今、中身居なかった⁉

『……ドローンに意思はアリマセン』

こいつ……。

「あははー！　監視はばっちりかあ！　じゃあ仕方ない。タッチンにはここで死んでもらおーう！」

「え⁉　ちょっと待って、いきなりすぎ――」

その時だった。

後方に注意を向けながら前進してきたのだろう大男が、草木をかき分けて、俺達の前に現れ出た。背後が気になるのか、まだ前方の異常事態に気が付いていない。

俺と先輩がギョッとしていると、大男が『……？』と視線を前に向けた。


「「「……ッ!?」」」


三者三様の反応が生まれる。大男は突然の出会いに固まり、林檎先輩は俺から大男に照準を移そうとし、そこを目ざとく見ていた俺はスルリと抜けて大男の陰に隠れた！

「あ！　タッチン！　ずるい！」

カチ、と背後で音がする。バシューン！　と破裂音が続くが、

「うおおおおおおおおお!?」

と大声をあげながら右腕が弾《はじ》かれたのは大男だけだった。肉壁により、俺には弾が届いていない。

「先輩、さようなら！」

「タッチン、逃がさないからね――!!」

背後で、大男と林檎先輩のバトルが始まったようだ。決着は早くついてしまいそうだが、逃げ切るだけの時間はできるだろうか。

しかし、あの屈強な大男の登場には救われた。悪いが利用させてもらおう。

「おそらく体育会系だろうし……弱肉強食の世界には慣れてるだろう。恨んでくれるなよ」

背後で破裂音。『ぐおおおおお』と断末魔の声が続く。早々に決着がついたらしい。

アナウンスが響いた。


『〈猫さんとお友達になれるかなあ？チーム〉、無念の全滅デス！』


「どうしよう！　罪悪感が半端ない！」

今度、猫缶を差し入れよう……ねこじゃらしも……。

「でも、とにかく今は……」

恋と東條さんと合流だ。俺一人では先輩チームには勝てないだろう。今こそチームワークを見せるときだ。

＊

しばらく走ると、直に恋と東條さんの待機場所に辿《たど》り着いた。

「あなた、お帰りなさい。お風呂にする？　食事にする？　それとも――」

「――小話に付き合っている時間はないぞ、恋。すぐに手練《てだ》れの二人がやってくる」

「そっか。残念」

まるで残念ではなさそうに銃を手にする恋。

「ダイリ、ずいぶん走ってきたみたいだね。休んでていいよ。次は私の番ね」

「ああ……呼吸を落ち着かせたいから、警戒を頼む。追手はおそらく女子二人。いずれも先輩で、運動能力は半端ない。とくにショートカットのほうに気を付けたほうがいい」

俺を追っかけてくる最中に他のチームと同様、罠《わな》で自滅してくれたら万々歳だ。しかしこれまでの経過を見る限り、先輩達とは正面からやり合わないと決着はつかないだろう。

「うん、わかった。まかせて」

「国立くん、お水です！」

東條さんの差し出した水筒を受け取りながら尋ねる。

「これからちょっと騒がしくなると思う。緊張しないで、冷静に対処しよう」

「はい！　恋さんとお話をしていたら落ち着いてきましたから平気です！」

「そっか。それは良かっ――」

「――ダイリ。さっそくショートの女子が一人、すぐそこまで来てる。迎え撃つね」

「早いな。休ませてすらくれないのか……東條さん、残りのチームはあと僅かだ。頑張ろう」

「は、はい！」

相手は〈あの〉先輩達だ。三人全員が無傷では済まないだろう。

アナウンスが木々を揺らした。

『さあ、試合も佳境となりました！　残すところ3チーム！　最後まで生き残るのはどのチームなのでしょうか!?』

『……おおおお……おおおおお……』

観客の雄たけびが振動となって伝わってくる。試合開始の合図はそれだけで十分。最終ラウンドの開幕だ。

独特な衣装を身にまとった林檎先輩が遠くから駆けてくるのが見えた。恋が手前の木の陰に隠れて、こちらに頷《うなず》いた。

なるほど——俺は勢いよく立ち上がった。

「林檎先輩！　こっちですよ！」

「お！　逃走者をはっけ——ん！」

意図せず恋のほうへと進んでいた先輩の動線が、俺側へとズレていく。

「タッチン、確保ぉ——おおっとぉ!?」

カチ——バシューン！　恋の一撃により、林檎先輩の右腕が破裂した。横を通りぬける間際、俺だけを見ていた先輩を狙い撃ちしたのだ。しかし胸部へのダメージはゼロ。

「ざんねん。失敗しちゃった。野生の勘で避《よ》けられた？」

「うわ、この子、あっぶないなあ！　撫子聞こえる!?　林檎ちゃんは金髪ロリちゃんとやり合うから、そっちはよろしくねえ！」

姿は見えぬが、やはり撫子先輩も一緒らしい。返答をしてくれたら声で位置が分かったのだが、天然キャラの撫子先輩でもそういうところは頭が回るらしい。

恋と林檎先輩はすでに距離を取り合い向き合っているようだ。恋の姿は見えるが、林檎先輩の姿は見えない。位置を調整しているのだろう。

「く、国立くん！　恋さんの援護はいいんでしょうか⁉」

東條さんの手は空だ。しかし今は銃を持たせない方がいいだろう。無駄撃ち防止だ。

「分かってる。分かってるんだけど、この辺りに撫子先輩がいるはずなんだ。それを見逃すと、もっとやばい——」

考えている間にも、恋と先輩は右へ左へと木々の陰を飛び回り、銃を撃ちあっている。

「……どこだ。なんで狙ってこない？」

撫子先輩も恋を狙っているのか——。

それとも俺達が痺《しび》れを切らすのを待っているのか——。

——バシューンと、どこからか小さく音が聞こえた。

『おおっとお！　ここで〈D〉チーム最後の一人〈乱麻選手〉が脱落！　まさかの銃を投げての捨て身盗撮には〈D〉チームに賭けていた生徒総出でブーイング……かと思いきや、有志による写真のオークションがはじまってイル——⁉』

「——⁉」

それは既に盗撮じゃない！　激写だ！

「じゃなくて！　まさか……撫子先輩、写模と戦ってたのか⁉」

やられた！　林檎先輩は独り言で叫んで、俺の予測を利用しただけだったのだ。叫ぶだけで、東條さんと俺の動きに制約をかけたのだ。

「だったら……！」

早く恋に加勢しなくては——しかし、時はすでに遅かった。

「——ダイリ！　あとはよろしく！」

「恋⁉」

突然のらしからぬ言葉と共に、恋は一直線に駆けた。横移動ではなく縦へ。それは生き残ることを放棄した突貫行動に近い。

「あいつ！　なんで⁉」

……そうか！　残りの弾数が少ないのだ。だから突っ込むしかないのだ。

弾を撃ち切り補充中の状態になってしまえば、林檎先輩の行動に選択肢が生まれてしまう。最悪、恋を無視して俺達の元へと来ることも考えられる。

撫子先輩も合流したら、俺達に勝ち目はないだろう。だったら一か八かの突貫——一人で一人をつぶすことに成功すれば、残りの対決は2対1となる。

恋の叫びは質量を持っていた。

「……あたれっ！」

「——おっ⁉　そうくる⁉　ならこっちも！」

カチカチ——ババシューン！

カチカチカチカチ——バシューン！

「——わ」「——うわーおっ」

二人の声が重なり、互いの胸部が破裂する。

衝撃により立ち位置が変わったのか林檎先輩の姿がやっと見えた。が、地面に倒れたまま
まで声は続かない。死亡判定のため、声を上げられない状況なのだろう。

対して恋の体は破裂と共に吹っ飛び、止まることなく大げさにゴロゴロと転がった。大
分遠くに居たはずなのだが、顔が見える程度まで近づくと、やっとのことで停止する。

「恋さん！　大丈夫ですか⁉　お怪我《けが》は——」

「体を出しちゃダメだ！」

一歩を踏み出そうとする東條さんの手をつかむ。と、どこからかカチッと音がした。

バシューン！

「きゃあっ⁉」

つかんでいないほうの手——木の陰から飛び出した東條さんの左手が破裂した。勢いの

ついた東條さんの体は、俺へ寄りかかるようにして倒れこむ。

「うおおおお!?」

意図しない体重移動に、俺達の体は地面に打ち付けられた。両手で支えたがために、持っていた銃が手を離れ、遠くへ飛んでいってしまった。

その時、どこからか声がした。

「……胸が見えたから撃ったのに、失敗しちゃった」

間違いようもない声音。撫子先輩だ。そして声は上の方から聞こえてくる。

相手にも聞こえるように声量を上げた。

「撫子先輩……まさか、木の上から狙いました？」

俺は東條さんを起こした。自分の銃を探す——あった。しかし遠すぎる。あれじゃあ取りに行った瞬間に撃たれて終わりだ。

「よく分かるね、うさ次郎」

「声が上からしますからね。下は３６０度陸地ですけど、上には木しかないですから」

「わー、頭がいいんだね、うさ次郎。気が付かなかったな」

しかし木の上か。まったく考えてなかった。ていうか、簡単に登れるもんじゃないだろ。

俺の行動から何かをくみ取ろうとしている東條さんに身振り手振りで伝える。『銃を落とした』。東條さんはハッとなって自分の腰にぶら下がっている銃を差し出すが、首を振って示す。『他人の銃は使えない』。またもやハッとして、東條さんが下を向く。

俺は窮地を悟られまいと、口を開き続ける。

「それにしても、お嬢様も木登りするんですね」

「ハンモック大好き」

「なるほど。睡眠のためですか」

「うん、そう」

「お嬢様がわざわざシラス杯にまで出てほしいものといえば、やはり保健室ですか？」

「うん、それもある」

「も？」

「うさ次郎も捨てがたい。一緒に寝るとよく眠れるの」

「撫子先輩。もしも……俺が一緒に寝るって言ったら負けてくれます？」

『──黙って聞いてりゃ、ふざけんじゃないですわ！　ぶちころしますわよ!?』

「ドローン!?」

『……、……ドローンに自我はありません』

こいつ……。

「うさ次郎。とてもいい案だけど、林檎と優勝するって約束したから、それはダメ」

「ですよね。もちろん冗談です。それに――約束してるのは、俺も一緒ですから」

東條さんがハッとなって息を呑《の》んだ。それから俺をしっかりと見つめて、頷いた。

「そう。なら、そろそろお話は終わりだね」

ふっと周辺の空気が重くなった気がした。撫子先輩が戦闘モードに入ったからだろうか。

だがこちらの思考もすでに固まっている。打開策は一つしかない。

俺は東條さんを見た。不思議なことに、東條さんも俺を見ていた。言葉を交わさぬまま、
東條さんは銃を手にとってトリガーに指をかけた。それから俺に背を向けた。頭を出さぬ
ように低姿勢のまま、木を背にして座りなおした俺に近づいてくる。

俺の手に銃はない。

東條さんの手にはそれがある。

なら答えは簡単だ――。

近くだと分かるが、東條さんの体は緊張からか、強張《こわば》っていた。手も震えているように
見える。緊張ではなく、きっと先ほどの破裂の衝撃が残っている為《ため》だろう。

「国立くん、全てをお任せします。トリガーを引く、合図だけはお願いします」

「分かった。あとは俺に任せてくれるかな」

「はい、当然です。だって二人で頑張るって約束しましたから」

「うん。絶対に勝とう」

「はい……！」

そうして、東條さんは俺の足の間に腰を下ろした。ちょうど体育座りをした形の〈国立大理座椅子〉に背を預ける。それは俺からすれば〈東條風花型の光線銃〉を装備したような形になる。

動きがままならない東條さんに代わって、俺が照準を――。

俺には扱えない銃のため、東條さんがトリガーを――。

それぞれ役割分担をして、敵を倒すのだ。

「東條さん、弾はあと何発？」

互いの顔は近い。息遣いが伝わり、鼓動が混ざる。話すだけで、耳元での囁《ささや》きとなった。

「……っ。えっと待っている間に補充していたので六発です」

「オッケー。なら合図を出したら三回連続でトリガーを引いてほしいんだ」

二人チームのレシオ制の場合の最大ＨＰは〈４〉となる。しかし先輩達が４対１でＨＰや弾数を分けるとは考えにくい。となるとＨＰは〈２〉か〈３〉と推測できる。つまり、三発当てれば良い。東條さんの銃には弾が六発。三発連射にすれば、チャンスは二回になる——と考えての発言だったが、東條さんは申し訳なさそうに小さく首を振った。

「ごめんなさい、国立くん。腕が震えているせいか、緊張のせいか……指先にあまり力が入りません。数秒ごとの射撃は可能ですが、トリガーを連続で引くのは難しいと思います」

そうか。少し考えれば当たり前のことだった。こんなにも東條さんと近くにいるというのに、伝わってくる情報を何も理解していない。いつも俺は気が付くのが遅い。

しかし俺が謝っては、東條さんが更に固くなってしまう。今はさりげなく先へ促そう。

「そうか、了解。じゃあ一発で決めよう」

「……はい！」

とはいえ撫子先輩の残りヒットポイントが1である可能性は低い。弾が当たって爆発すれば勝ち、何もなければHPを削り切れずに反撃されて負けといったところだろう。

だが、そんなマイナス思考も今は放棄。俺は東條さんと出来る限りの前進を続けるのだ。

ポツリ、と頬《ほお》に水滴。空を見ればいつの間にやら曇天。一気に降り出してきそうだ。

「東條さん、腕から力を抜いて。周りに目を向けて」

「はい」

俺達は大きな木を背にしている。撫子先輩の声にも背を向けている形になる。また右手には数メートルの段差。ボランティア中に確認をした場所なのでよく覚えている。そして、左手には写模の罠《わな》があり、遠くに林檎先輩、近くに恋が転がっている。

「そして、タバ姉の罠はもうない」

これが今の全て。さて先輩はどう動くか……やはり木の上か？　もしも撫子先輩が超人であるならば樹上移動も不可能ではないだろう。しかしその場合、木が揺れるはずだ。

崖側は遮蔽物も低いし、万が一バレたら撫子先輩側の退避スペースがない。すると襲撃方向はこちらの罠地帯か――視線をずらすと、唐突に恋の顔が視界に入った。なんだか、やけに目力が強い気がする。こちらを睨《にら》むというか……え、待て、この体勢にキレてるとか？

「誤解だぞ……！　って……なんだか様子が違うな……？」

俺の視線に気が付くと、恋は唐突に何度も瞬《まばた》きを繰り返した。

「……（ぱちぱち）」

どうしたのだろう。恋のただでさえ大きな目が、より大きく開かれている。それから右を見て、左に移していき、崖側でまたパチパチと瞬き――。

「――まさか⁉」

恋の視線は敵の動線だ！

ということは先輩の現在位置は視線の先の崖側――答えと同時に崖側へ体を捻《ひね》る‼

――ガサリ。背の低い茂みが揺れた！

「――っ⁉　東條さん、ここだ！」

「……っ⁉　はい!!」

揺れた木陰に向けて一発。カチ――バシューンと破裂音。

「やったか⁉」

しかし試合終了のアナウンスはない。胸部以外の爆発なのだろう。

だが場所は分かった。連射は無理でも、再び狙うことはできる！

「東條さん、もう一回だ！」

「はい！」

畳みかけて決めたくても、相手だって当然動き回る。

「みつかった。あせあせ」

言葉とは裏腹に全く焦りの見えない撫子先輩が、声と同時に陰からカチッとトリガーを引いたようだった。

「くっ⁉」

――バシューン！　破裂！　しかしそれは俺の左足だった。爆発で体勢が若干くずれるが、東條さんもろともすぐに立て直す。四肢の爆発はそんなに強くないようで良かった。

「大丈夫、問題ない！　次の合図で撃ってくれ！」

「国立くん⁉」

「は、はい！」

先輩は障害物の陰にいるが、後ろは崖の為、後退はない。おおよその場所は分かっているが無駄撃ちはできない。しっかりと動きを見定めて、隠れている場所を判断すべきだ。

相手の足場は狭い。右へ行こうが左へ行こうが、動きがあれば、かならず茂みは揺れる。先輩もそれは気が付いているだろう。その結果、移動を諦めて立ち上がるなら狙いは横移動のみ。前進してくるとしても、焦らずに狙いを横軸にずらせばいい。

「東條さん、右か左か……横軸に手を移動する可能性が高い。合図でトリガーを引いて」

「……はい！」

ポツリと先ほどより大きな雫《しずく》が頬に当たった。大粒の雨が降り始めたようだ。

ゴロゴロと——遠くで雷の音が鳴った気がした。まるでスタート合図のように。

「……えい」

小さな掛け声と共に、茂みが揺れた。

撫子先輩が取った行動は——その場で姿を見せての、早打ち！

「きたっ！　東條さん」

「はいっ！」

照準は予定通り、横移動のみ。胸の位置は想定していた通りの高さだ。

互いに捨て身状態。しかし俺達を倒すには二発の連射が必要だ。対してこちらは一発しか打てない。一概にどちらが有利とは言えない予測不能の決闘。

先輩は片手で銃を構えて俺達の胸へ、

俺達はレールガンの射出台のように不動のまま先輩の胸へ、

それぞれ銃口を向き合わせて――。

それからのことは全てがスローモーションに見えていた。

撫子先輩のほうが反応は早かった。カチっと鳴った銃が確実に東條さんを射た。

わずかな遅れで、俺の手の中でも銃がカチッと鳴った。狙いはオーケー。間違いなく撫子先輩の胸を撃った。

次の瞬間、東條さんの胸部が爆発。密接していた俺の体も弾《はじ》き飛ばされ、元いた場所から離れた。それが良かったのだろう。二発目を撃っていたはずの先輩の弾は、何に当たるでもなく消えていった。

吹っ飛ばされる可能性は当然考慮していた。俺はグルリと一回転をするも、綺麗《きれい》に受け身をとり、事の全てを見届けようと撫子先輩へ目を向けた。

利那――見えないはずの弾が、撫子先輩の胸を穿《うが》つのを俺は確かに見た。

バシューン！　爆発。撫子先輩の胸部が爆発した！

「勝った！」

試合終了――の合図は鳴らない。

代わりに、「あ」と撫子先輩の声。

「あ」と重なる俺の声。

――気が付けよ、国立大理。

撫子先輩の背後は崖なのだ。

そして爆発は体を押しのけるほどの強さなのだ。

先輩の前胸部が爆発したら体はどちらに押しやられるのだ？――答えは簡単。

「先輩――っ！」

先輩の体がふわりと浮いて、背後に投げ出されようとしている。

俺は味方である東條さんの心配もせず、敵であるはずの撫子先輩へ、なりふり構わず駆け寄った。

「……うさ次郎」

いつもは眠そうにしている先輩の目は、大きく見開かれている。何を求めたのか、俺のほうへとその白く美しい指先が伸ばされた。

「届けえええええええ！」

俺は、あらんかぎりに手を伸ばし、先輩の手首を──つかんだ！

しかし半ば飛び込むように駆け込んでしまったため、爆発の威力に勝つことはできそうもない。俺の体も引っ張られた。

「こん──のおおおおお!!」

そうなりゃ、こうするしかないだろう！

俺は空いた手で先輩の背中に手を回し、体をぐるりと回すように地面を蹴る！

「うおおおおおおおおおおおお！」

俺は知っている。ボランティア時に発見していたのだ。

崖の下は泥の水たまりが広がっている。この雨であれば、なおさらクッション性があがっているはずで、頭から落ちないようにすれば大事に至ることはない──！

──バシャ────ン！

水に叩《たた》きつけられた音が、あたり一面に響く。泥にまみれながら、抱きしめていた先輩を手で起こす。俺の腰の上に、チラリズム全開の先輩が騎乗していた。

「……うう、背中がいてえ……先輩大丈夫ですか？」

「うさ次郎、ありがとう。昔からいつも助けてくれるね」

「ああ、よかった。無事で——って、感謝の言葉はいいんですけど、なんで俺に銃を突き付けてるんですか、撫子先輩」

「それはね、うさ次郎。試合がまだ終わってないからだよ」

「……え？　だってさっき先輩の胸を撃って終わりじゃ……爆発したじゃないですか」

「うん。爆発はしたけど、まだ終わってないよ」

「あれ……？」

もしかして俺、ものすごい勘違いをしてる？

「……まさか……HPが2以上でも、胸部に食らうごとに一回ずつ爆発するんですか」

「その通り、わたしはまだHPが1残ってる。あと、多分」

撫子先輩が背後を振り返った。

「やっほー、タッチーン。なんか展開が凄《すご》すぎて全部鑑賞しちゃったー。ま、結果良ければすべてよーし！」

頬を泥だらけにした林檎先輩が、銃をひらひらさせながら崖の下をのぞき込んでいた。

「り、林檎先輩!?　恋に倒されて動けないんじゃ……いや、まさか……」

「そのとーり、死んだふり作戦だよー！　林檎ちゃんはＨＰ３だからね！　いやあ、金髪ちゃんの弾数が二発で助かったー。あとタッチンが爆発回数に気が付かなくてラッキー！」

「な、なんてこった……他に夢中でそこまで考慮してなかった……」

北風と太陽コンビもしょうもない終わりだったし、他に俺が倒したのはＨＰ１の相手ばかりだった。でも確かに四人以下のチームは爆発が多段だった気もする。

「残念だったね、うさ次郎。わたしのこと、助けなければよかったのに。優しいのも考えもの。でも、それがうさ次郎だから、落ち込んじゃダメ」

「ああ……はぁ」

俺はうなだれるように、大の字に手を伸ばす。降参の合図だ。

「どうぞ。終わらせてください」

「……終わらせていいの？　勝ちたいんじゃなかったの？」

銃口を胸に当てたまま、先輩は首を傾《かし》げた。

「そりゃ勝ちたいですよ。勝たせてくれるんですか？」

撫子先輩は首を傾げたまま、提案した。

「棄権してあげてもいいよ。でもそうしたら……」

「そうしたら？」

「うさ次郎、わたしと寝てくれる？」

「……それは」

結果的に優勝できるならそれでいいじゃないか、と俺の思考の半分が笑った。

その瞬間、東條さんの笑顔が脳裏に浮かんだ。罠《わな》を仕掛けたことを聞いても、東條さんは笑ってくれるだろう。暗躍したことを聞いても、最後は笑ってくれるだろう。

でも、そんな東條さんでも笑ってくれないことはある。

大事なことを見失ってはいけない、と俺の思考の半分が、残り全てを呑《の》み込んだ——。

「……すみません、先輩。俺、ボランティアでも、暗躍でも、なんでも一人でやります。でも最後は……最後の勝利だけは皆で勝ち取らなきゃいけないんです」

「……？」

「皆で笑えないと、何の意味もないんです。俺だけ笑ったって仕方がないんだ——だから終わらせてください。俺はもう一度、初めからやり直します」

雨が強くなった。それは一瞬の出来事だったのか、それとも数十秒の流れだったのか。

「……そっか」

しばらくして、傾いていた撫子先輩の首が元に戻った。納得してくれたらしい。

「うさ次郎は、自分だけの結果より皆との過程を取るんだね。うん、分かった。――それじゃあ、バイバイ」

俺は最後の時を迎えるべく、目を瞑《つぶ》ろうとした――が、その前に、近くまで急降下してきたドローンから大大大音声が流れた。

『国立大理選手！　もといコンチキショウ大ちゃん！　他者への過剰な接触を暴力とみなし失格！　更に全身強制破裂＋電撃――に加え、発明品窃盗のおしおきタイムですわー！』

「……とにかくバイバイ、うさ次郎」

「ちょ、え!?　待って！　バイバイの意味が変わってません!?　あ、先輩！　しれっと遠くへ逃げないで!?　泥から起こしてくださいって！　ていうか、ドローン――」

――バシュ――――ン！　ビリビリビリビリ！

「中身いるだろおおおおおおおおお!?」

『〈お姉ちゃんのおぱんちゅちゅきちゅきだいちゅき〉チーム全滅！　試合終了です！』

「チ……チーム名変わってねえじゃん……」

もういいけど……ガクリ。

こうして俺達の試合は幕を閉じた。

＊

試合終了後、天候がくずれたせいか学園職員が回収班として駆けつけてきた。体がびりびりして動かない俺だったが、さすがに泥まみれのせいで撫子先輩も抱き着いてこない。

情けない恰好《かっこう》で担架に乗せられた俺は、エリア外までドナドナ。恋は無傷、東條さんも軽傷だったようで、一足先に退散していた。

三十分ほどの撤収時間を挟んだ結果、先ほどまでの雨はなんだったのかというほどに晴れ間が広がっていた。

俺、東條さん、恋、先輩など、最後の場面に居た面々は順次野外用のシャワーを使用し、さっぱりとした顔で結果発表を待っていた。

「本当にゴメン、作戦ミスばっかで……！　タバ姉の発明品を使うのも黙っててゴメン！」

「や、やめてください、国立くん！」

もはや何度目か分からぬ謝罪はチームメイト全員に向けてだ。特に奮闘してくれた恋と、事情のある東條さんには合わせる顔もなかった。が、結果発表待ちの控えテントでは逃げられるわけもなく、こうして謝り倒している。

「ったくよお、大理もバカだよなあ。暗躍も何も、目立ちすぎなんだよなあ」

「お前がそれを言うのか!?」

「モンちゃんも一緒に謝ってくれるってさ」

「斬ってしまった人に謝りにいってね!?」

「ダイリ、くどい」

恋がぴしゃりと言い放つ。

「ダイリがあそこで助けないわけがない。何度やっても同じ結末。暗躍だって、そう。ダイリがそういう性格じゃなかったら、そもそも試合出場にまで至らない。これは必然」

「その通りです！」

東條さんがこくこくと頷《うなず》いた。

「あそこで飛び出さない国立くんなんて、お味噌《みそ》をいれないお味噌汁みたいなものです！」

「恋、東條さん……」

例えがいまいちよく分からないが、とてもうれしい。

『ジュースとってくる』と恋が退席すると、東條さんが俺にだけ聞こえるほどの小声で付け加えた。

「それに、実は私たち知っていたんです」

「……何を？」

「恋さんが『ダイリはきっと暗躍するだろうから許してあげて』って。作戦会議の後に」

「え……」

続く言葉が出ないことを悟ったのか、東條さんは『まだ恋さんには敵《かな》わないみたいです』とだけ言い残して、恋の後を追った。

「あいつ……本当に……」

東條さんと並ぶ恋の背中を見て、青春ブレイカーという側面ばかりでもないのかなと反省する。

テントの反対側をみやると、撫子先輩と林檎先輩の姿が確認できる。いつもならば話しかけてくるような距離なのだが今は近づいてこない。

しばらくすると、外がざわついてきた。散策に出ていた金太が戻ってきた。

「そろそろ結果発表でるみたいだぞ。オレたちも行こうぜ」

金太の声に反応したのは、俺達のチームばかりではない。各チームがぱらぱらとテントから出ていく。

右に東條さんが立つ。俺もけだるさを感じながら席を立った。

「国立くん、わたしなら平気です。ですからもう、そんな顔をするのはやめてください」

　左に恋が立つ。

「ダイリ。『他の方法を見つけてやるぜ』ぐらいのことは言えないの？」

　そして中心に立つ俺は、一歩を踏み出しかねて――それでもテントを出ることができた。

「分かってる。これで終わりじゃないもんな。次の方法を考えよう。考えて、考えて、頭がおかしくなるぐらい考えて、きっと乗り越えてみせるさ」

　学園生活はオンボロ男子寮から始まった。短い間に様々な事が起きた。結果、こんなに悔しい思いをすることになったが、その代わりに特別な〈モノ〉を手に入れたのだろう。

　それは目に見えないけれど、何よりも輝いている〈モノ〉だと思う。

　確かに今回は望んだ未来をつかみ取ることはできなかった。でも俺はもう気が付いている。次のチャンスは必ずある。諦めなければ、きっといつしか挑戦権は手中に滑り込んでくる。

　後悔はしない。今は未来を信じて前進しよう――。

『それでは皆様、前方のメインスクリーンをご覧ください！　いよいよ結果発表です！』

結果発表

1位

お姉ちゃんのおぱんちゅちゅきちゅきだいちゅきチーム

撃墜数　＋50点

風花ちゃんと恋ちゃんは可愛い顔をしとるのう……！

あのときの青春を思い出すようじゃ………あれはワシがまだ十六歳の時じゃ……ワシがパンをくわえて通学路を走っておった時じ

（文字数が多い為省略いたしました）

＋50000点

『合計　50050点』

2位

撫子＆林檎チーム

撃墜数　＋95点

美しいスタイルに惚れ惚れするのう！　＋20000点

男子がすごい前かがみになっとった　＋10000点

『合計　30095点』

3位

Dチーム

撃墜数　＋50点

グッドアングル！　＋10000点

『合計　10050点』

「く、国立くん、これ！」

「ダイリ、見て」

「おい！　大理！」

「うわあ、大胆だなあ」

「笑止でござる」

「お――」


「「「「お……？」」」」


漏れ出た言葉に、周りの面々が首を傾《かし》げる。

先ほどまでの曇天はどこへやら。

さんさんと降りしきる太陽光を顔に浴びながら、俺は突き抜けるような青空へと叫んだ。


「俺の努力を返せえええええええええええええ！」

エピローグ　これも一つの終わり方

某日、学園長室。

「学園長。これが今回の〈シラス杯〉の報告書です。請求書も入っていますから」

「ふぉっふぉっふぉ。今回もご苦労だったの、小枝葉《さえば》」

「急ピッチすぎて、さすがに疲れましたよ。ま、活《い》きのいい一年のおかげで暇はしなかったですけどね——しっかし、今回の件って本当に必要だったんですかね」

「どういう意味じゃ？」

「請求書の額。オレみたいな小心者が見たら心臓が痛くなるような額ですよ」

「子供を育てる手段の一つじゃて。こんなはした金、痛くもかゆくもないわ」

「つったって、結局、どんな手段使っても助けるつもりだったんでしょう？　なら、こんな金額使わなくたって、学費だけポンと渡せばいいじゃないですか」

「馬鹿を言うでないわ。少年少女の熱い気持ちが儂《わし》を大会開催へといざなったのじゃ。もしも何か一つでも欠ければ、少女の気持ちが救われることはないんじゃぞ？」

「はぁ……まあいいんですけどね、オレの金じゃないですから」

「それはそうとて女性職員ミニスカート改革についてなのじゃが」

「まだ諦めてなかったんですか？　まじで新聞の一面になりますから無理ですって！」

「ええー!?　いやじゃあ！　わしが金でやとってんじゃから、女性職員ミニスカートでええじゃろ！　文句が出るなら男子職員もミニスカートにすればええじゃろ!?」

「……はぁ。これが今まで教育語ってたじいさんかよ……わけわからねえ」

＊

某日、男子寮。

「遂《つい》にこの日が来たか」

俺は食堂で水を飲むと、一つ息をついた。

あの怒涛《どとう》のサバイバルゲームから十数日後。

今日は優勝賞品の授与日なのだ。

あの日、スクリーンに映し出された不条理な点数に叫ばずにはいられなかった俺だが、周りは案外受け入れていた。

学園長の説明を聞いてみれば、確かにそもそもサバイバルゲームだとか、ヒットポイントだとか、最後の一チームになった時点で試合終了とは言っていたが、勝敗基準までもがそうだとは一切言っていない。つまりあれはバトルロイヤルではなく、点数制の試合だったというだけなのだ。

「ふざけた採点基準だったけどな……」

とはいえそのおかげで、俺達は表彰のステージに上がることができた。

そこで学園長より賞品の発表があった。

それはこんな言葉と共に明かされた。

『今回の賞品はチーム参加者全員に授与される！

賞品内容は〈喉から手が出るほど欲しいもの〉とする！

──といっても、喉から手が出るほど欲しいのじゃから、一瞬で思いつくものだけを認める。

よって、今から十秒以内に、目の前の紙に記載せい。

はいスタートじゃ！』

五人、それぞれの反応でもって〈喉から手が出るほど欲しいもの〉を記載したのだが――。

「うおおおお！　やった！　肉だ！」

金太《きんた》が食堂の机に発泡スチロールの箱を広げている。

「やったじゃねえか！」

「おー、これはすごいね」

草薙《くさなぎ》兄弟に称賛されている金太は、当たり前だが〈肉〉とだけ記載した。

結果、一人では到底食べきれないほどの肉が先ほど届いたのだ。

「ううう、嬉《うれ》しいぜえええ！　めっちゃうめえええ！」

「生で食うな、生で」

「牛肉だから平気でしょう？」

「よし！　今日は焼き肉パーティしようぜ！　男子寮生全員、オレのおごりだ！」

「え？　まじで⁉」

『うおおおお、熊飼《くまがい》かっこいい！』と男子寮生が盛り上がる。さすが金太、女以外には本当にモテる。

「……はぁ」

珍しく大きなため息をついているのは、猪助《いすけ》だ。

同じく食堂の片隅に届いた賞品を前にして、肩を落としている。

その手にはずいぶんと高そうな〈革ジャン〉。

猪助の用紙には〈かわ●●服〉とあった。何を間違えて●に塗りつぶしたのかは知らないが、普通は革服といえば、革ジャンが来るもんじゃないか？

「モンちゃん、これきる？」

どっちの〈キる〉だよと思いつつも、なんだか茶化したら可哀《かわい》そうなほど落ち込んでいるので今は放っておこう。しかし革ジャンが嫌だったなら、何が欲しかったのやら。今度、時間を置いて聞いてみるか。

「しかし……落ち着かないな」

俺はなんだかソワソワした思いで、玄関まで歩いた。

まだ賞品は来ない。代わりに学園長の胸像があった。朝一番で恋《れん》が捨てていったものだ。

想像通りというか、恋が希望したのは〈大理《だいり》〉である。

だがさすがに俺が賞品になるわけもなく、トンチを利かせたつもりか、もしくは真面目な回答かは知らないが、結果として〈『大理』石で出来た学園長の胸像〉が自宅に郵送されてきたらしい。

一番金がかかっている賞品だとは思うのだが、恋の気持ちは十分分かる。ましてや一番頑張ったといっても過言ではない結果の賞品がこれなのだから、いたたまれない。これは俺が責任をもって、男子寮の魔除《まよ》けとして玄関に置いておこう。

そういえば、結果が発表された時の撫子《なでしこ》先輩は、どこかホッとしているようにも見えたのだが、目の錯覚だったのだろうか。林檎《りんご》先輩はこちらに手を振ると、最後まで声をかけてくることもなく消えていった。

まあそのうち会うだろうから、その時いろいろと話せばいいか。

さて、肝心の俺の望みはといえば、〈トウジョウフウカ学費メンジョ〉と殴り書いた。結果から言ってしまえば、はれて東條《とうじょう》さんの学費は免除された。残念ながら一年次だけの免除だったが、二年からは奨学金申請をすればいい。これで退学もなくなったし、目標達成、言うことはない。

残すは東條さんの願いだが――。

――ピンポーン。

「……とうとう来たか」

あらかじめ連絡を受けていた優勝賞品が到着したのだろう。

俺はつっかけを履いて、玄関の引き戸を開いた。

玄関前に立っていた人物は、既に何かの書類を開いていた。顔も表情も見えないが、声だけは紙の向こうから聞こえた。

「男子寮一年代表、国立《くにたち》大理殿。今より学園長および賞品検討委員会からの通達文書を口頭にて申し伝えます。

『一年花組、国立大理殿。

〈優勝者・東條風花《ふうか》の願い――男子寮生の食改善〉が正式に受理された為《ため》、本日、この通達文書をもって授与とする。

よって本日より、男子寮にメイドが一名配属され、食生活改善および男子寮生の生活改善に取り組むこととなる。

これは無期限の対応とし、以降の男子寮の設備の一環として考えること。

なお専属メイドは無料の男子寮別棟に住みこむため、寮費はゼロ。余剰となるメイド給与の学園援助枠は、本人の希望により定時制から全日制への移行費へと充てられる。

以上』

これが通達文書の全てとなります」

聞いていた内容と何一つ違いはない。しかし確かめておきたいことは一つあった。

「かしこまりました――でも一つだけ質問があるのですが、よろしいですか？」

「ええ、どうぞ」

「なぜ東條さんは学費免除と記載せずに、男子寮の食生活なんて気にしたんでしょうか」

通達者はいまだに紙を掲げたまま、考えているような間を置いた。

「……そうですね。それはきっと、彼女にとって一番大事なもの――原動力になるものだったからではないでしょうか。それが彼女の心からの願いだったということです」

「なるほど。それなら納得しました」

「ではこちらからも一つ、質問をしても良いでしょうか？」

「どうぞ、お互い様ですから」

「なぜ国立大理さんは、あんなに望んでいた男子寮の修繕ではなく〈東條風花の学費免除〉と記載したのでしょうか？」

「それはもちろん、彼にとっての原動力だったからですよ。喉から手が出るほど欲しいものってのは、気持ちに嘘《うそ》がつけないものってことですからね」

「ではお互い様ですね――国立くん」

「確かにお互い様だね、東條さん――でも、東條さん的にはどうなのかな。こんなオンボロ男子寮でメイドをすることになってしまったわけだけど、感想は？」

目の前の人物――メイド服姿の東條風花さんは、読み終えた文書を丁寧にしまうと、咲き誇ったヒマワリのようにニコリと笑った。

「もちろん、とっても素敵な日々になると信じています！」

その意見には賛成だ。

だって、こんなにも自然に笑顔が浮かんでくるのだから――。

＊

『――ですが大丈夫。姫八学園は挑戦することをあきらめません。

ここには全てがあります。
規律正しい学園生活。
刺激的なイベントの数々。
人間工学に基づいた設備。
快適な、施設。
洗練されたスタッフ。
そしてあなたの輝かしい未来。

さあ、皆さん。私たちと一緒にフリーダムｉｎフリーダム！
あなたにとっての宝物が、きっとこの場所で見つかることでしょう』

おわり

あとがきで説明すればそれで勝ちっ!!

全てに先んじて、この本を手に取りお読みいただいた貴方《あなた》に感謝いたします。

はじめまして、斎藤《さいとう》ニコです。この度は〈顔が可愛《かわい》ければそれで勝ちっ!! バカとメイドの勇者制度攻略法〉をお買い求めいただき、本当にありがとうございます。

この本は〈斎藤ニコ〉名義の第一作目となります。ありがたいことに、第23回スニーカー大賞【春】において拙作〈ググれんあい。〉が特別賞を頂き、今回のデビューとなりました。「……あれ!? 受賞作とデビュー作のタイトルが違うじゃん!!」と思った貴方。どうかご安心ください。中身も違います。……というのは誤解を生む為、説明をしましょう！

本作は受賞作〈ググれんあい。〉を改稿した作品となります。当初〈ググれんあい。〉は〈青春8対コメディ2〉といった作風でしたが、改稿は〈コメディ8対青春2〉を目標としました。主軸をコメディ寄りに変更し、ストーリーラインも再考しましたが、登場人物等は同一イメージ・キャラ名で執筆しています。ですので主人公〈国立大理《くにたちだいり》〉達は私の中に二人ずつ存在しています。とても面白い体験でした。なお、作品の主題〈青春〉に関しては同一です。ちなみに〈青春8〉と〈コメディ8〉という真逆の作風なのに、なぜ同じキャラを動かせるんだろう？　と疑問に思った貴方。さすがです。ついでに答えも教えてください……。

私は今回の執筆まで、本の作成工程を甘くみておりました。担当編集のオー様。いつもくだらない話ばかりですみません。初めてお会いした際「先生！　暗い話はやめましょう！　先生にはコメディが向いてると思います！」と話された時は「だからコメディで受賞したじゃない⁉」と思いましたが、おっしゃる通り確かにコメディで人は死にません。数えたら3人死んでました。笑いに関してのご指導、いつもありがとうございます。そしてイラストをご担当いただきました、もきゅ先生。死ぬほど可愛いキャラを生んでいただき本当に本当にありがとうございます。タバ姉関連では無理な相談ばかりすみませんでした。タバ姉は本当に人を困らせる天才です。困ったものです（他人事《ひとごと》）。そして矛盾を的確にご指摘くださる校正様含め、全ての方に感謝を。そしてあとがき一行目に戻ります。変わらぬ感謝を。

では、いささか突然ではありますが――さようなら。また会える時にお会いしましょう。

「――って、好き勝手言われてるけど、タバ姉から言いたいことはある？」

「こういう〈周りに迷惑をかけるような大人〉だけにはなりたくないですわね（他人事）」

二〇一八年　斎藤　ニコ

本作は、第23回［春］スニーカー大賞特別賞受賞作
『ググれんあい。』を改題・改稿したものです。

顔《かお》が可愛《かわい》ければそれで勝《か》ちっ!!
バカとメイドの勇者制度攻略法《ゆうしゃせいどこうりゃくほう》

著　斎藤《さいとう》 ニコ

角川スニーカー文庫　21019

2018年7月1日　初版発行

発行者　三坂泰二

発　行　株式会社KADOKAWA
〒102-8177 東京都千代田区富士見2-13-3
電話　0570-002-301（ナビダイヤル）

印刷所　旭印刷株式会社
製本所　株式会社ビルディング・ブックセンター

Printed in Japan　ISBN 978-4-04-107092-5　C0193

★ご意見、ご感想をお送りください★
〒102-8078 東京都千代田区富士見 1-8-19
株式会社KADOKAWA　角川スニーカー文庫編集部気付
「斎藤 ニコ」先生
「もきゅ」先生